diario: la mujer y el caballo

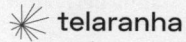

diario: la mujer y el caballo
julia raiz

traducción de Cecilia Resiale y Edgar Zalgade

© **Julia Raiz, 2023**

Edición: Bárbara Tanaka y Guilherme Conde Moura Pereira
Traducción: Cecilia Resiale, Edgar Zalgade y Fernanda Lopes
Ilustraciones: Isadora Fernandes
Portada y diseño gráfico: Bárbara Tanaka y Guilherme Conde Moura Pereira
Preparación de texto: Bárbara Tanaka
Revisión de original: Guilherme Conde Moura Pereira
Revisión de la traducción: Nylcéa Siqueira Pedra
Comunicación: Hiago Rizzi

Dados Internacionais de Catalogação na Publicação (CIP)
Bibliotecário responsável: Henrique Ramos Baldisserotto – CRB 10/2737

R161d	Raiz, Julia
	Diário: a mulher e o cavalo = Diario: la mujer y el caballo / Julia Raiz; ilustração de Isadora Fernandes; tradução de Cecilia Resiale, Edgar Zalgade, Fernanda Lopes. – 1. ed. – Curitiba, PR: Telaranha, 2023.
	67, 67 p.: il.
	Texto bilíngue, português e espanhol.
	ISBN 978-65-85830-01-0
	1. Ficção Brasileira. I. Fernandes, Isadora. II. Resiale, Cecilia. III. Zalgade, Edgar. IV. Lopes, Fernanda. V. Título.
	CDD: 869.93

Índices para catálogo sistemático:
1. Ficção : Literatura Brasileira 869.93

Derechos reservados a
TELARANHA EDIÇÕES
Curitiba/PR
41 3246-9525 | contato@telaranha.com.br
www.telaranha.com.br

Impreso en Brasil

Primera edición
Octubre de 2023

apéndice 8 sobre miopatía por captura
La captura y el encarcelamiento de un animal son extremadamente estresantes. Una reacción inmediata al estrés es el síndrome "huir o luchar", al que el cuerpo responde produciendo adrenalina. La producción excesiva, persistente de adrenalina conduce a un acúmulo de ácido láctico en la corriente sanguínea, que afecta a la capacidad del corazón de bombear correctamente oxígeno para los músculos, lo que puede precipitar la muerte de los mismos músculos: miopatía (del griego antiguo pathos, "sufrimiento", y mus, que significa 1. "ratón de campo"; 2. "un músculo del cuerpo"). Existen 4 categorías de miopatía por captura, en una escala que va de súper aguda, resultando en la muerte en minutos, a crónica, cuando el animal puede sobrevivir por días e incluso meses, andando a caballo y enviando telegramas, hasta morir súbitamente por insuficiencia cardíaca o de un supuesto accidente. No hay tratamiento para la miopatía por captura.

— Anne Carson, en *El método Albertine*

Ahora nosotros estamos trabajando como caballos.

— Carta de una militante de la provincia de Túla (Rusia, 1905), en *La revolución de las mujeres*, organizado por Graziela Schneider

índice

nota de la autora a la edición bilingüe **[9]**

prefacio, por assionara souza **[13]**

diario: la mujer y el caballo **[17]**

epílogo, por estela rosa **[63]**

nota de la autora
a la edición bilingüe

Escribí *Diario*, mi primer libro, en 2016, a los 25 años, durante los intervalos de clases y por las noches en casa. En ese momento, impartía clases de Lengua Portuguesa en tres escuelas distintas. También participaba en el Club de Lectura Feminista de la Central Única de Trabajadoras (CUT), en el que leí *A revolução das mulheres* [La revolución de las mujeres] —libro hecho de artículos, actas, panfletos y ensayos sobre la Rusia Soviética escritos por más de diez autoras, organizados por Graziela Schneider para Boitempo Editorial y traducidos por 14 traductoras. De este libro surgió el segundo epígrafe al *Diario*, la frase de la militante de Tula.

De 2016 a 2023, vivimos, como país, un ciclo de siete años de cambios y pruebas. Fue un período muy desafiante, con el injusto *impeachment* de la presidenta Dilma, el fortalecimiento de la extrema derecha y una pandemia. Fue difícil —por decir lo menos.

En 2017, año de la publicación de la primera edición de este libro por Contravento Editorial (gracias, Flávia y Natan), Assionara Souza, quien firma el prólogo, todavía estaba aquí a nuestro lado, al igual que otras y otros poetas de la ciudad que luego hicieron sus pasajes.

También en 2017, recibí un tremendo regalo: la traducción, que ahora tienes en tus manos, obra de Edgar Zalgade y Cecilia Resiale. Edgar es un lector de Tenerife, y Cecilia, su amiga argentina. Después de tanto tiempo, la traducción finalmente será leída, con la revisión de la profesora Nylcéa Siqueira Pedra. Además, Fernanda Lopes se encargó de traducir tanto el posfacio como esta nota. A estas cuatro personas traductoras, les agradezco inmensamente la oportunidad de ser leída en otra lengua. Es mi deseo que el *Diario* encuentre caminos por toda América del Sur.

A lo largo de estos siete años, muchas otras cosas han cambiado en mi vida. Hoy, ya no entro a un salón de clases como profesora de Lengua Portuguesa —solo como escritora. Y, ahora, tenemos una hija: Agnes. Pero lo que no cambió fue mi compromiso con la escritura. Lo que no cambió fueron las amistades valiosas que siguieron hablando del *Diario*, incluso cuando ya no podía hacerlo yo. Fue así, de boca en boca, que llevamos el libro hacia adelante.

Estas amistades están representadas aquí por Estela Rosa y Natasha Felix, dos poetas a quienes admiro y por quienes siento un cariño enorme, que escribieron el posfacio y la solapa. Y muchas de las primeras lectoras del libro forman parte de nuestra grupa, Membrana. Quiero saludar especialmente a Taís Bravo, quien llevó el *Diario* a sus talleres de escritura.

Necesito decir que, a pesar de todo lo que aún nos queda por hacer, es un placer acompañar los movimientos colectivos en la ciudad en estos últimos años. Fue así como surgió la colaboración con Telaranha, de la colectividad. ¡Gracias, Bárbara y Guilherme, por cuidar tan bien del *Diario*!

Gracias a Isadora Fernandes, que hizo los collages que encontrarás aquí justo en el medio del lomo del libro, además del collage de la cubierta. Estos collages existen desde 2017, pero ahora reciben el tratamiento que necesitaban. Hay dos libros —el que hice con palabras y el que Isadora hizo con imágenes. ¡Muchas gracias por todo, amiga!

También quiero agradecer inmensamente a todas las personas que se sintieron contagiadas por la obsesión de este libro —personas que me mandaron sus impresiones, historias, memorias, recomendaciones de películas, libros y memes, todos relacionados con caballos.

Para concluir, quiero contar que la semana en que comencé esta nota, soñé que cabalgaba en mi caballo sin montura, sin brida ni espuela. En una cuesta, buscando un camino a seguir sin que cayéramos al agua. Mi caballo y yo buscando sobrevivir.

En esa misma semana, mi hermano Ulysses me llamó y, sin que yo le hubiera mencionado el tema, me dijo esto: *Imagina una manada de caballos. Hay un caballo que encontró agua y comida y ahora va a mostrar a los demás cómo encontrarlas también. Tú eres ese caballo.*

Me di cuenta de que el *Diario* es un libro escrito para todos los caballos que he encontrado a lo largo de mis vidas en las montañas. En esta y en otras vidas. Que cabalgaban conmigo en la grupa por cuestas y desiertos, que me cargaban y también me derribaban cuando era necesario. Tú, persona que me lees, también eres ese caballo.

Julia Raiz

¿dibújame un caballo?
por Assionara Souza

Habitar otras formas. Experimentar ser y estar en la condición de otro ser. Migrar del lugar previsible en que el cuerpo, reconocido en sí, se acomoda en sus haces de huesos, cubiertos por músculos y piel, las estructuras todas en conformidad con, entre tantos otros distantes, este extraño aquí: "mi cuerpo". Este es el ejercicio que Julia Raiz comparte con nosotros en su cuaderno, libro de estreno Diario: la mujer y el caballo. El dibujo comienza tímido, como si el encuentro no hubiese ocurrido de hecho. Solamente un indicio en el viento. Un pensamiento lazo capturando el animal elegido a la distancia de una anticipación. Un desconcierto. Variación sutil de la atmósfera. Estado inicial: el proyecto. Capturar un animal y traerlo no sin antes saber sus verdades en ser un bicho de esa naturaleza otra; "La captura y el encierro de un animal son extremadamente estresantes", advierte Anne Carson. Conducta primera. Los disturbios todos generados por la máquina equina y esquiva de existir: el cuerpo. "Pensé escribir una historia sin hombres". Flecha lanzada al infinito: "¿Es posible escribir un libro así?". Y así se inicia el inventario, colección, acervo, bagaje que la narradora va reuniendo en su silla de montar. Imágenes pueblan el campo de las sensaciones. Desde el primer momento del día, el círculo en cuyo centro el tiempo hecho potro a ser domesticado atrae referencias. La mujer convoca el animal como si de lo íntimo de su cuerpo femenino un vasto pasto se ofreciese. Y los "nudos insondables que acercan a mujer y bicho" comienzan a ser tejidos. Pero sin compulsión; la mano es suave, conduce con regular cuidado (aunque displicente) las líneas que irán a definir la forma: "Cada día escribo menos, juego con una línea, soy displicente". También porque caballos habitan cosas y seres, como los toros del lenguaje del poeta João Cabral de Melo Neto, que pretenden explotar y derramar lirismo en el campo neutro de la hoja. La narradora colecta declaraciones de quienes se interesan por el tema: "La niña que encontré en la cafetería me dijo que las mujeres tienen que hacer como los caballos en la umbanda: transmitir". En ese proceso en que mujer y bicho se funden en una tercera criatura brutasuave, es preciso también convocar a los híbridos del mundo: "Stein Bernau es un niño trans de 14 años adicto a la cocaína que adora a la banda Wild Nothing". Y el ejercicio sobrepasa límites prescritos en libros: "me imagino cargada en el útero de un caballo macho". Ese nuevo parto engendra violencias e impulsos crueles son invocados a la trama. Deseo de herir y matar sin culpa. Deseo de destrozar un cuerpo humano con las patas y en el momento siguiente mascar el heno como si ninguna memoria interfiriese en el placer inmediato de los sentidos. El proceso se desdobla en otras referencias, collages de partes que instigan al ojo a continuar el trazo de la forma. Sugerencias implícitas en ferocidad de falo o suavidades de crines. Con(fusiones). Reminiscencias de una reliquia de la infancia, un caballo de madera guardado en el desván. ¿Habrá existido? Se amplía el campo de las posibilidades, el animujer se expande: "Di vueltas sin ton ni son, sin saber volver a casa, porque ese libro es todo imposible perdí la capacidad de trazar caminos". Mutaciones se multiplican con la velocidad de las sugerencias de Google: variaciones cromosómicas dinámicas: humores, tumores. Caballos en círculo recorren el carrusel. Julia Raiz prosigue la doma. Se desdobla en proyecto literario con un propósito: adquirir caballos. Un texto cargado de trucos: "Suciedad es materia que cruzó los límites las fronteras que no debería cruzar un texto estropeado". Hasta que se avista, a lo lejos, el puente óptimo del encuentro: "Cuando soplo, también sopla el viento que mece la camisa de algodón allá fuera, cuando soplo también soplan la mujer y el caballo juntos antes de que se apaguen para transformarse en otra cosa".

Se trata de un libro sin manual de advertencias. Diario (casi) confesional de buscar dentro de un patíbulo oscuro un caballo negro que no está allá.

Assionara Souza (1969-2018) fue una escritora, dramaturga e investigadora brasileña.

diario: la mujer y el caballo

cuando hace frío, haces brrrrr

Ocurre cuando estoy cocinando, la última vez estaba cortando verduras, esta vez fue en el medio de los macarrones con zapallo. Es como si él me llamase, la mujer y el caballo, un libro como la vaca sagrada de Inglês de Sousa: madre de todos, relleno de espuma, inflable. Pensé escribir una historia sin hombres. Sin duda, es una copia de una idea masculina, de una película de David Cronenberg que vi el mes pasado. Una película que un niño adinerado hizo todavía en la facultad, narrada por uno de los personajes. La actuación de aquel tipo era realmente impresionante, su rostro me recordaba la cara de un caballo o tal vez de un amigo de infancia. Me gustaría mucho ser sincera, puse en la salsa de tomate una cantidad no medida de orégano, albahaca, mejorana y pimienta, sin saber si era lo suficiente, sin saber si iba a combinar, si iba a agradar. ¿Es posible escribir un libro así? ¿De la misma forma como se condimenta una salsa? ¿Una escritora puede preguntar cosas para quien la lee? ¿O una cocinera puede no probar la salsa antes de servirla? Nunca pruebo la comida, pero creo que una de las maneras de la mujer alcanzar la madurez es lanzando un poco de leche del biberón en el dorso de la mano para medir la temperatura. Sólo las mujeres maduras tienen hijos, no importa cuántos años tengan. Por otro lado, las yeguas no necesitan medir la temperatura de la leche, porque sale intocable de sus tetas y cuando cesa es porque el potro desmamó. Hay pocas cosas más irritantes que un hombre crecido que vive solo en su departamento de 30 m², no lava su propia ropa y toma una taza de leche con chocolate antes de dormir o de acostarse. Los macarrones con zapallo mandan recuerdos desde mi estómago cuando pienso en ese tipo.

2 por 5

Pensé en la mujer y en el caballo por la mañana, antes de trabajar, cuando pasaba por la calle y las mujeres abrían las tiendas de zapatos. Los dueños de las tiendas de zapatos son todos hombres y las empleadas deben llevar maquillaje y tacón alto. Hoy vi a una empleada caminando toda torcida encima de sus tacones, sonriendo. Desde que comencé a trabajar en el centro, ya no intentan venderme cosas, huelo a empleada como ellas. Entonces los ambulantes me respetan porque yo aún debo llegar a casa y prepararme la comida. Volviendo a casa también pensé en la mujer y en el caballo, ¿y por qué no en las yeguas? Los machos de la naturaleza, ¿cómo son? Y me debo convencer todos los días de que escribir equivale a estar despierta. Anoto en la contraportada de los libros los pasajes sobre caballos. No sobre mujeres, porque todos los libros ya escritos hablan sobre mujeres, entonces sería como copiar todos los libros con los que ya tuve contacto en la vida. En el libro de Svetlana, sobre la Segunda Guerra Mundial, encontré pasajes preciosos. Recuerdo también un poema de Cecília Meireles, uno de título largo como "El lamento del oficial por su caballo muerto". No es tan bonito, pero me gusta porque siempre pensé en ellos muertos, en sus ojos fijos donde posan moscas. Ojos de pestañas largas y gruesas que dan envidia. Me sorprendí al saber que los caballos son animales inteligentes, tal vez incluso consigan entender que participan de una gran escenificación. Las películas de guerra son sobre hombres que vuelven a casa a fin de cuentas, es muy aburrido. En el libro de la autora de Bielorrusia, los caballos se acostumbran a pisar a los muertos.

tocador

Hoy, durante y después de la terapia, cuando me dirigía a casa, pensé en personas que conozco que tienen contacto con caballos. Me acordé de mi propia trayectoria y me sorprendí por haber olvidado que, a los 12 ó 13 años, anduve a caballo una media docena de veces. Incluso, dentro de la selva. Un caballo disparó conmigo en el lomo. Mi hermano menor trabaja temporal en el potrero de una amiga. Una profesora con el que trabajo fotografía personas montando a caballo. Mi cuñada dio clases de equitación cuando niña y tiene un cuadro de un caballo colgado en la sala, regalo de su padre. Pensaba que amar a un hombre era como colocar la mano en la boca de un perro cuando come, pero quizá sea montar un caballo que siente estar cerca de casa. Un hombre gordo encima de un caballo, tan gordo a punto del caballo acercar la barriga al suelo y doblar las rodillas. Un hombre encima de un caballo con una caña de pescar; en la punta una manzana colgada. Un caballo blanco enfrenta un bosque de espinos para besar a la princesa en lo alto de la torre, su pija oscura erecta. Los caballos son animales menos interesantes que el dragón de Komodo. Los dragones de Komodo corren muy rápido, saben nadar y su mordida es fatal. La víctima no muere al instante, por eso la siguen hasta que esté lo suficientemente débil. Un escritor escribe sobre seis cosas en toda su vida. Yo, sintética: mujer y caballos. Mujeres, caballos y sus accesorios: perneras, culottes, cascos, chaparreras, espuelas, látigos, mantas, sillas, cabestros, cabezadas, embocaduras, bridas. Dios colocó una sonrisa en su rostro, suena en la radio. ¿Los caballos sonríen? Las mujeres, todo el tiempo.

arbustos

Sentada en mi cama, pienso por qué las mujeres prefieren escribir sobre animales, mientras los hombres dan claras señales de que la única materia que les interesa es la arrastrada decadencia de la civilización humana. Escuché en un programa de radio que la contribución de las mujeres a la sociedad es la propia sociedad. ¿Es posible sentir los nudos insondables que acercan a mujer y bicho? ¿Por qué nos doblamos, de piernas para arriba, para encararnos de frente, montaña de pelos? Antes de cortar mis vellos parecía que no tenía vagina, era apenas un pequeño bosque en el lugar del sexo, un bicho encogido hibernando. Soñé, hace unos días, con un gato en el congelador, congelado en cuanto daba su próximo paso. Hoy ese gato se mueve dentro de la heladera, araña al hombre que abre la heladera como si protegiese su territorio. El hombre me dice: el gato es tuyo, ¡lidia con eso! Me da miedo abrir la heladera y lidiar con ESO. El gato congelado era de mi hermana, ese gato moviéndose es mío, peor, también es mía la heladera. Cada día escribo menos, juego con una línea, soy displicente, prematura, abro el horno antes de los treinta minutos permitidos para meter el tenedor en la masa todavía blanda del pastel de manzana. Mi cocina huele a pastel de manzana. ¿Las manzanas son las frutas predilectas del caballo o eso es cosa de la televisión? Si un alumno entrase en mi aula y colocase una manzana encima de mi mesa, mis ojos girarían espontáneamente, tal vez incluso suspirase hondo.

anything goes!

Hoy es el cumpleaños de mi primo y él no tiene ninguna relación con los caballos. No me lo imagino montado en uno. Ahora que lo imaginé, la escena es tan repugnante como pensar en una persona cogiendo con un perro. Un hombre me paró en la calle, me obligó a parar, y me hizo un marcapáginas con un pedazo de alambre, me pidió para sujetar el libro de Svetlana, juraba que iba a salir corriendo, que iba a robar mi libro. Me puse frente a él para dificultar la fuga. El hombre marcó la página con su dedo sucio y el pedazo de alambre. Esa mariposa plateada va derecho a la basura. Después me preguntó mi nombre y abrió mucho los ojos cuando me dijo el suyo: Pau-lo. Si tu familia no te diagnostica una enfermedad mental cuando lee tu libro, ¿será bueno de verdad? En pie en el ómnibus de una entrevista a un crítico importante. El individuo dice que mis poemas tienen cualquier cosa que puede confundirse con calidad literaria: "tu poema es un animal de creación al que alimentan incesantemente", reflexiona un poco, gargarea las palabras en la boca, "un globo en forma de caniche". Mi poema está listo para explotar en varios pedacitos de carne en la cara de quien esté cerca.

Mi poema-nuggets, muchas cosas juntas formando una bola de cartílago enmascarado. Ideal para el consumo de personas perezosas, comer sin masticar, leer saltando versos, buscando el error ortográfico, intentando entender. *Anything goes*! Es el título del próximo capítulo: Ashley Magdalene no existe, o mejor, visita los viejos castillos irlandeses en busca del blasón de la familia y descubre su propia sexualidad. Ashley tiene pasión por los caballos. Se moja sólo de pensar en aquel torso en S, una cola grande que casi alcanza el suelo, cuatro tobillos impetuosos y un cuello del tamaño del placer. ¿Sería posible ir tan lejos? Un aliento caliente y maloliente tan cerca de su cogote, todos los vellos del brazo se le erizan a pesar del calor que hace al mediodía. Pero, ¿en Irlanda también? Sí, en Irlanda también. El semental da dos pasos para atrás como adivinando las intenciones de la mujer. Bufa, bufa, bufa más alto, lo que deja la situación todavía más crítica. Baby, todo lo que debo hacer es sentarme y escuchar. Siquiera necesito escuchar, basta sentarme y esperar. El miembro del grosor de un muslo humano y recuerdo que mi dibujo favorito cuenta la historia de un caballo que es un actor fracasado, por quien alimento una pasión platónica. Me gustaría coger con un caballo de dibujo animado que en la segunda temporada enamora a una lechuza. Mi escena preferida es cuando, al terminar su relación, la lechuza pregunta: "*What happened?*", y el caballo contesta, rascándose la crin: "*You didn't know me. Then you fell in love with me. And now you know me*". Eso es lo que pasa. La lechuza agarra sus cosas y se va, no aparece más en la serie. Mejor dicho, creo que hay un episodio en que tienen una recaída, cogen de nuevo, no me acuerdo. En la serie él coge con una gata, tres humanas, una pez-buey. Creo que eso.

salvia palth

La niña que encontré en la cafetería me dijo que las mujeres tienen que hacer como los caballos en la umbanda: transmitir. No lo sé. Pero tal vez las mujeres estén todas interconectadas, nuestras mentes formando una gran red. Por ejemplo, escuché la palabra "acre" en una puesta en escena y, en el mismo día, una poeta escribió la palabra "acre" en un poema que leí algunos meses después. También hubo aquella vez en que soñé que yo y mi hermana teníamos que mamar a los terroristas de ISIS que golpeaban nuestra puerta y, en el mismo día, me mandó una noticia del atentado en Niza. Eran bajitos y yo sólo pensaba en maneras de parecer menos apetecible. En YouTube toca Salvia Palth e Isabella escribe en la sección de comentarios que esa música la hace sentirse muerta de la mejor manera posible. Por lo visto existen varias maneras de sentirse muerta y una de ellas es muy estimulante. Sylvia nació en octubre y puso la cabeza dentro de un horno. Eso no me conmueve, es como si hubiese terminado de leer algo sobre la reproducción de las abejas. Apenas cuando me acuerdo de que lloré sola en el baño, mientras la papata frita enfriaba en la mesa, es que entiendo lo que es poner la cabeza dentro del horno.

dirección

Te sumerges hondo una vez más, confías, sigues, en el camino encuentras dos serpientes marinas que se aparean, enroscando sus cuerpos. Basta un pequeño estímulo para comenzar a bailar. Con los huevos dentro de ella, la serpiente nada hacia una cueva donde nunca estuvo antes y deposita media docena de huevos blandos. La cueva se asemeja a una gran bolsa de aire que posibilita la supervivencia de las crías. En cuanto consiguen romper la cáscara del huevo, se deslizan hasta el agua y salen nadando como atletas olímpicos por un camino que se desconoce hace millones de años. Así también lo haces tú: te zambulles con desconocimiento de causa. Por no saber nada, sabes lo necesario para estar con la cabeza sumergida y continuar respirando. Instinto salvaje. Stein Bernau es un niño trans de 14 años adicto a la cocaína que adora a la banda Wild Nothing. Adam Charney es un hombre cis de 43 años que acaba de conocer a Wild Nothing y ya LOS A-M-A. ¿Y eso qué tiene que ver con caballos, señorita? ¿Qué tiene que ver con Ashley, la mujer que quería coger con un caballo en Irlanda? Hoy no pensé en caballos, pero pensé en mujeres. La niña de la cafetería me regaló una caracola que de tan perfecta parece haberse hecho sola, un día apareció ya lista. La parte externa de la caracola es rocosa con relieve, patrones, proyecciones, pero por dentro es más suave que la boca de un lobo, por eso las ganas de deslizar los dedos, poner y sacar los dedos de dentro de la caracola. En algún momento, la caracola comienza a sudar gotitas de agua salada, lo que hace que los dedos se deslicen con redoblada facilidad adentro y afuera, hasta el fondo y al borde nuevamente. Ahora con el índice de un lado para el otro. Me doy cuenta de que ella me quiere contar una historia, encajo la caracola en el oído y siento que de mi oreja escurre una espesa y espumosa baba salada. Acabamos juntas mientras Netflix cena sola.

anunciación

Existen tantas cosas con las que convivimos convive diariamente. No son obstáculos por el camino, no estás en esta senda estrecha para escalar una gran montaña y saltas caballetes de madera pintados de amarillo y negro. No estoy hablando de eso, de ninguna manera. Estoy hablando de las bolas de hierro que, en el bosque, se enroscan en las plantas rastreras y que dentro de poco estarás cargando un trozo pegado al tobillo. Algunas bolas de hierro son como imanes que atraen otras bolas ajenas, invisibles, enormes como aquellas que persiguen al Indiana Jones que vives en el sueño. Los caballos son mis bolas, están en propagandas de la tele, son temas de obras, ensayos, están en videoclips de música pop, en películas adultas, son juguetes, son personajes en los libros, son fotografiados en los más cobardes enfrentamientos entre la policía montada y personas gritando, llevando golpes, corriendo, lanzando piedras y cargando banderas y carteles. En el aparador del salón, todos tienen, al menos, un caballo en miniatura o un gallo, un saltamontes, un toro, un gato, un elefante, una mujer. Mi caballo es uno de Troya puesto en la estantería, un majestuoso caballo de madera reducido a

15 centímetros de cerámica. Cuando estoy muy cansada también me imagino en el interior de un caballo, enroscada con la cabeza queriendo entrar en la barriga, intentando volver al punto de partida, me imagino cargada en el útero de un caballo macho. ¿Cómo serían los bebés nacidos de hombres? ¿Tendrían más fuerza de voluntad para caer al suelo y andar con sus propias piernas? ¿Nacerían con dientes totalmente desarrollados, girando en el césped, listos para dominar su pedazo de mundo? El caballo es el único animal que da a luz a sus crías, pequeñas copias en miniatura que las niñas usan colgadas en las orejas cuando hace mucho calor y el bañador gotea.

quedate más, irte ahora es maldad

La vecina de enfrente recibe muchas visitas por la noche. Mujeres la visitan y acuerdan en la puerta el próximo horario. Vi que una artista plástica prepara una exposición con cráneos equinos; la profesora que saca fotos de caballos me mandó un mensaje amistoso; me gustaría pasar con un caballo por encima de una mujer que vive en Inglaterra, romper todos sus huesos, reducirla a mermelada. No, mejor, atropellarla al galope sin querer, como se aplasta una flor llamada crisantemo. Sin querer, me gustaría volver en el tiempo y no haber deseado su muerte, pero matarla igualmente. A veces, me gustaría escribir en forma de canción un ritmo alegre para tocar al volante mientras paras en el paso de peatones. Una canción de esperanza para cabalgar en el desierto un caballo con una pluma en el cabello, convertirme en guerrero de dibujo animado. Los caballos, después de la llegada de los caballeros blancos, se quedaron tan tristes que emburrecieron, se olvidaron de que podían disparar armas de fuego. Los caballeros los obligaban a acorralar búfalos hasta que no tuviesen ninguna otra opción salvo seguir hacia el precipicio, en dirección a la muerte colectiva. Después, si esa fuese una gran novela, el escritor escribiría que los caballos se reunían por la noche, de espaldas a la hoguera, y cantaban bajito pidiendo paz a los espíritus engañados.

maneras

Estoy en llamas, agarré como gripe una especie de fuego que sólo quema internamente, parece que bebo gasolina desde hace mucho y que, finalmente, engullo un fósforo encendido. Uso un chico portugués como encendedor, él me mantiene caminando en la punta de los pies. Así escribo todos los días, a mano, y mejor porque excitada no sé diferenciar la amistad de un tirón violento del pelo. Un hombre alto y delgado con cara de caballo y las puntas de los cascos quemadas. Por eso esos días ya no pienso en mujeres ni en caballos, pienso en un único caballo, con cara de hombre, un bicho híbrido que me puede pisotear cuando quiera, pero no lo hace. Yo y el hombre-caballo intercambiamos cartas, pero no me manda besitos como los demás, me pregunta si quiero besos que no están en diminutivo y dice que me va a importar en una caja de madera lacrada junto con castañas de Brasil. No le importa que me extrañarán por aquí. Esa semana, detuvieron a la mujer del policía militar desaparecido hace 10 días. El desaparecido investigaba un atraco sufrido por la propia esposa, pero ya no lo habían vuelto a ver después de una fiesta al final de junio. Se temió una represalia de criminales, pensaron en una amante vengativa, una segunda familia, deudas del juego. Algún colega de la corporación desconfió de la esposa y la presionó sólo Dios sabe cómo. La mujer admitió haber asesinado al marido, guardado su cuerpo por 24 horas y después lo descuartizado y enterrado en un terreno abandonado.

jazz

Matisse recortó papeles pintados al guache y los bautizó con muchos nombres, entre ellos: el caballo, la amazona y el payaso. En el entierro de Pierrot, también aparecía un caballo azul y naranja hecho de papel. En el pabellón de debajo del museo, un caballo mira directamente a la cámara, mientras el caballero posa. El caballo también saca una foto mía y de todas las personas que pasan delante del cuadro en estos últimos cuatro meses. Decenas y decenas de personas que se detienen menos o más tiempo delante del caballo sin saber que son fotografiadas, sin saber que una versión invertida de sí va a parar dentro del cuadro, presa en la retina convexa de un animal que tira carrozas. Un proceso del cual el caballero es totalmente ignorante porque posa. Ellen Ruth también pasea por el museo de la mano de un hombre que no nos interesa, ve los caballos de Matisse y los perfiles de los hombres que los montan, piensa en ellos mientras mea.

prisco

Vuelvo a la librería en el centro de la ciudad. Una puerta cerrada al lado de varias donde viven señoras canosas que salen a las calles al amanecer con bolsas de mercado, todas viudas se visitan a la hora del té y, vez sí vez no, piensan en amasarse unas con otras y dejarse estar en un rincón del salón. Vuelvo a la librería de la mujer que usa campera de Adidas y gorra. Celebrará el centenario de la Revolución Rusa y el Ocho de Marzo con una exposición de antiguas máquinas de coser usadas por operarias. En medio a decenas de metros de tejido, sombreros y zapatos, un cepillo, fabricada en 1916, hecha de crin de caballo. Una joven mezcla el cabello de su niña y el pelo del caballo como si la mandase saltar, se irrita que la niña permanezca rígida, obediente. Fuerza el primer nudo de pelo como si vistiera botas con espuelas, tira el cabello hacia atrás y monta a la hija para probar cómo es ser mujer en el mundo animal. La lengua mengua, paseo por la librería con miedo de asombros uterinos. Olvidado en un rincón del desván, me espera un caballo de madera. Me olvido de pedirle permiso a Socorro y lo monto hecha la amazona que soy, de otros tiempos, cabalgo la historia como se cabalga a un hombre, de piernas abiertas, fingiendo que niños desconocen el sentido del vaivén que dio origen a la humanidad. Di vueltas sin ton ni son, sin saber volver a casa, porque ese libro es todo imposible, perdí la capacidad de trazar caminos.

no consigo librarme de google, me persigue hecho un enamorado obsesivo

Tengo un bulto en la cabeza. No fui al médico, no hice pruebas, no fui diagnosticada. Pero tengo un tumor en la cabeza, un tumor mimético, vive para ser otro, crea algo en apariencia, a partir de. Ese tumor adquirió la apariencia de mi cerebro, lo sustituyó. No tengo cerebro, tengo un tumor que tomó mi cráneo como si fuese un cerebro. Parece un cerebro, huele a cerebro, sabe a cerebro. No siento dolores, vértigos o náuseas porque está tan bien localizado que a mi cuerpo le parece, a todos los efectos, un cerebro. Muy eficientes, los tumores no sólo se doblan, se multiplican a lo largo del tiempo, nunca cesan de nacer y nacer de nuevo como las mujeres pobres que trabajan en la calle. Jack the Ripper, el cerebro, puede ser Druitt, el médico; Klosowski, el barbero; Maybrick, el comerciante; Ostrog, el ruso; Edward, el duque; Tumblety, el gay; Sickert, el pintor; Kosminsky, el lunático; Barnett, el pescador; Churchill, el lord; Cream, el abortista; Deeming, el marinero; Dudson, el escritor; Bury, el asesino; Cross, el cartero. Todos hombres que montaban caballos en el Londres del siglo XIX.

cargo en par el pecho, doy a los desarreglados y a los bizcos

No hay nada de malo en ser un hombre aburrido, el cine está lleno de ellos, recitando Rimbaud de memoria. Hombres más ricos que sanatorios mentales, que no logran sentir nada y por eso se drogan tumbados en la bañera. El narrador susurra frases que hablan de la vida. Tan sencillo. Tan superiores. Esos hombres se preguntan: ¿quiénes controlan a los hombres? ¿Quiénes controlan a los hombres que controlan? ¿Cuántos hombres son necesarios para escribir un manifiesto? Los hombres son, al mismo tiempo, la rueda que gira y el freno que la obliga a parar. Todos esos niños hacen piquito para comer, odian al padre, encierran a las madres en el desván. No saben de dónde vinieron. Anoche salí con el portugués. No de verdad, obviamente, por carta. Fuimos al centro a ver un especial de Kurosawa: Los Siete Samurais. Una película de 3h 28min con 10 minutos de pausa. Poco después de la mitad, tres samurais y un campesino son enviados, a caballo, para incendiar la cabaña donde están los bandidos que planean saquear la aldea y quemarla. Después de iniciar el fuego, que se esparce despacio, los cuatro acechan el interior de la cabaña, donde los saqueadores duermen esparcidos, piernas y brazos abiertos a causa del calor, comparten literas con prisioneras: mujeres muy blancas, despeinadas, semidesnudas. Del suelo, una mujer, que duerme sola, se levanta como si todavía estuviese soñando. A medida que el fuego se esparce, las rehenes son las primeras a correr hacia fuera, gritando siempre descontroladas, enseguida los hombres también huyen, heridos por la espada de los enemigos que los esperan en la puerta. Terminada la misión, los samurais y el campesino se preparan para tomar el camino de vuelta, cuando el campesino mira hacia atrás y ve que sale de la cabaña en llamas, intacta como por un milagro, la mujer que dormía en el suelo. El hombre corre desesperado hasta ella, reconociéndola como la esposa que había sido secuestrada, pero su rostro, que hasta ahora permanecía impasible, se contrae en una mueca de horror y la mujer corre desesperada de vuelta por donde salió.

carrusel

Puedes ser una mujer de circo con cuerpo de goma lista para ser comida por un caballo comenzando por las piernas, el hombre de al lado corrige la descripción: no, mira aquí, es un hombre siendo perseguido por un toro, ves la capa roja. Hoy mismo, en la ciudad de Teruel, Víctor Barrio murió después de ser corneado en el pecho por un toro en un espectáculo retransmitido en vivo por la televisión española. Estábamos yo y mis hermanos a la orilla del mar en Barcelona, la franja de arena estrecha tomada por los colores de las sombrillas que nos rodeaban, mientras crías de ballena orca saltaban con los niños al margen, un ave perfora el mar y todos se detienen para observar la maniobra, de vuelta a la superficie lanza hacia arriba una cría de delfín que cae en cámara lenta permitiendo que tuviésemos tiempo para discutir la posibilidad de todo aquello, el ave, cuando abre el pico, dobla entera de tamaño y traga la cría con facilidad. Tengo una barriga de 9 semanas y una toalla enrollada en el cuello, cargo bolsas de supermercado, qué quiere decir el niño de la bolsa cuando declama: yo soy apenas un niño. Un niño es un buen actor que logra dar existencia a un actor malo, dejar a la vista sus manías, sus maneras de actorucho, un niño siempre escenifica la existencia de otro niño tal como no es.

destino

Este es un diario como un chicle bien masticado, el registro de una obsesión: escuché a dos chicas que conversaban en el ómnibus sobre las madres de los ex-novios y cómo todavía se llamaban unas a las otras para acordar paseos por lugares públicos, hablan con las madres sobre los chicos muy rápidamente y luego parten por otros caminos no como parientes de sangre, sino como amigas del brazo compartiendo la misma cañita, en la infancia podrían haberse bañado juntas o grabado videos caseros. Existen esas niñas debajo de la tierra pisoteada, existen esas niñas que necesitan ser agarradas como tubérculos y sacudidas. Una encía alta, unos dientes de caballa, los molares, los premolares, los caninos, los dientes de enfrente todavía aserraditos bajo la tierra creciendo en un pie de cualquier cosa van a parar debajo del colchón de hombres poderosos como la historia de la princesa y la arveja. Érase una vez, en un reino distante, una noche de tempestad, batió la puerta del castillo una niña deshecha por el agua, los dientes de enfrente como de un caballo adulto, muy rota y el cabello sin volumen. Dejaron a la niña entrar con dificultad porque ya tenía entrados sus dieciséis años y en esas edades son terribles porque ya sangran y saben esconder pequeñas cosas en los bolsos, como cubiertos, baratijas y piezas de tapicería. Estrujó el ruedo del vestido en la puerta y se limpió los pies en la alfombra sorprendiendo a los empleados, dijo que venía de muy lejos y que viajaba en búsqueda de matrimonio con el Príncipe Montador. Se preparó para la huésped una habitación en la torre alta, lo más cerca posible del ascensor de servicio, y para verificar la veracidad de su ascendencia noble pidieron que durmiese en una cama con 27 colchones cubiertos por 27 edredones escondiendo en el fondo del alma una arveja. Garantizada la cena, el baño, el camisón improvisado, fueron todos a dormir soñando con la eficacia de la artimaña. Así que las últimas luces se apagaron, sin embargo, lanzó por la ventana un colchón y otro y otro hasta que estuvieron muy bien posicionados, la niña guardó la arveja, la horquilla, el agua de olor, el candelabro, la silla de montar en el bolso y saltó por la ventana.

mediodía sol sutil

Me acordé hoy del primer texto que escribí para publicar: "Recompensa en dinero por informaciones sobre la yegua de las fotos" contaba la historia de una mujer con insomnio asombrada por los ruidos del nuevo departamento, un vecino que se equivocaba siempre de puerta, la idea de una niña que se escondía en el vacío entre el armario y la pared, un hombre que finalmente volvía para lastimarla. El editor de la revista sacó del texto cualquier cosa de idiota: ¿ella tenía un amante o esperaba por la muerte?, ¿cuántos libros debería vender yo para comprar un mangalarga marchador? ¿Y un macho campolina de 11 años? ¿O una yegua criolla preñada de una sección de embriones y vientres? Está a disposición de la escritora que lucra: una mini mula linda muy pequeña y rara menor que un poni, cobertura o semen de caballo cuarto de milla, yegua mangalarga hija de padres con registro provisional, potro pampa argentino homocigoto, mula de patrón, yegua linda, caballo súper manso, burro blanco bueno de lidia un tractor para el campo, burro producto nuevo, caballo bayo óptima morfología, potro 8 meses árabe, bestia rubia, potranca criolla, yegua nieta de Keys To The Moon, caballo domado 7 años capado, potra tosca, jumento, mini ponis para su evento, yegua petisa, *such a horsey fantasy*.

vitral

(*Suave*) terminé de releer un mensaje de un tipo llamado Gustavo que habló del diario él mandó una pintura de Munch *Caballo al galope* hecha entre 1910 y 1912 y después un fragmento de Kafka no entendí muy bien pero es eso. No sé si me encuentro bien hoy parece inútil quedar grabando las cosas también (*fuerte suspiro*) no sé necesito ver cómo eso puede ayudar (*murmullos incomprensibles*) es eso (*lee "Jazz"*). Tengo la impresión de que estoy siempre consumiendo (*pausa larga*) ellas prenden fuego y se consumen muy rápidamente (*duda*) y entonces todo lo que queda es una olla reventada. Parece que (*risas*) estoy comenzando a notar lo que es y no lo creo (*sonidos de platos golpeándose*) (*recomienza suave*) estoy comiendo pochoclo oyendo un CD llamado *O Cavalo*, el pochoclo fue estallado antes de ayer y todavía está rico. (*Música agitada*) estoy nerviosa incluso para lavarme la mano es difícil (*suspiro*) me miro en el espejo mi cara se derrite. (*Más tranquila*) Lila y Lenu están yendo a la playa y comienza a llover muy fuerte tienen que volver y se quedan empapadas llegan a casa y las golpean los padres pero en la ida para la playa notan a un viejo que se masturba en la ventana y un caballo que baja un barranco y cruza el camino tal vez cerca de las vías del tren. (*Sonidos de personas hablando al fondo*) una publicidad de Panvel marca de farmacia hablando de un tranquilizante natural que tú mismo puedes producir que es un (*ridiculizada*) abrazo que dura de media 3 segundos entonces no pierdes tiempo (*una voz al fondo: cuando abrazas así más lentamente...*) los animales se abrazan. (*Sonido de un follaje verde oscuro friéndose por 25 segundos*). (*Sílabas alargadas*) incluir el cajero de Walmart él montaba y es de Eslovaquia y ese sentimiento cuando el estómago parece que se cae por dentro. (*Voz de un hombre*) hola probando probando (*en slow motion*) no habla bien, ¿verdad? aprieta el botón entonces. Describir a las mujeres que vi en la calle hoy una mujer de 60 años 1 metro y 85 muy blanca con vitíligo y (*piensa*) la chica que sirvió el café para los viejos (*pausa*) y la señora rubia con camisa de seda pantalón de leopardo tacón alto. (*Música pop al fondo*) soñé con una estatua enorme de la Virgen María que podía ver desde mi tejado ella movía los ojos comenzaba a guiñar (*we don't talk anymore*) estaba viva. (*Lee un poema sobre geishas*). Suciedad es materia que cruzó los límites las fronteras que no debería cruzar un texto estropeado. Misma. (*Animada*) acabo de volver me estoy sintiendo un poco mejor, hace mucho calor aquí dentro y hoy voy a escribir en el diario. (*Lee otro poema, esta vez sobre cosas más grandes y cosas más pequeñas, énfasis en el verso "a good fighting horse"*).

emperatriz barbe

Me gustaría poder contar las impresiones de los últimos días, cómo los caballos pastaban, de espaldas al mar, todavía más ajenos a mi existencia, cómo me sentí una mujer común cuando no me zambullí en la oscuridad de la noche cada vez más alejada de las niñas gordas que bailaban mientras los pañuelos se agitaban en el aire, no caí de la piedra, no golpeé la cabeza, no cogí en el resto de la red entre las corazas de los cangrejos como previa el capítulo anterior, no conseguí formular frases para decir que el hombre con quien estaba aquella noche era tan común como la cama, la mesita de noche, la chica de la recepción. Sólo pude admitir en el formulario que la única persona que amé fue a mi amiga de infancia con quien me bañaba, ella acariciaba mis piernas y nos gustaría vivir para siempre juntas, al contrario nos liamos con estos y aquellos niños diminutos, pálidos, curvados, ineficientes. Mi médico dijo que tengo párpados de rinitis alérgica, que mato a los bebés por dentro, que soy una persona rara y tuve que contener la risa mientras él tiraba de mi dedo hacia atrás y lo acercaba a mi brazo. De día, encontré a un poeta en un lugar público, él conversando conmigo mirando siempre hacia adelante como si yo no estuviese ahí, de noche, soñé con ella cantando poesías, existe alguna cosa debajo de su piel que se mece cuando ella abre la boca, no sé de dónde vino ella, del norte tal vez, voy a relajar mis hombros voy a volver a escribir lo que quiero y sólo porque puedo y este diario es sólo mío, tengo total control sobre él y escribo lo que me da la gana. El poeta me preguntó adónde quiero llegar y respondí lo más alto posible desde niña yo ya tenía un mentón que apuntaba hacia la cima, gritaba para mi madre que se tranquilizara, no volverse loca, no te vuelvas loca yo gritaba. Ella tenía una amiga a quien le gustaban las mujeres, vivía en una casa pequeña al borde de la costanera, todos aquellos autos pasando diariamente dejan a una persona loca, es necesario tener algunas plantas, al menos un perro, encenderse un faso tres veces al día, bailar, vestir ropas coloridas, es necesario desviarse de las ofensas, ser siempre superior si no terminas martillando al individuo en la cabeza.

bailando contigo contra tu voluntad

La Virgen apareció para mí y acercó su ombligo al mío, repitió un antiguo proverbio mexicano que dice que la mujer tiene que vibrar, es importante hacer gozar al menos una vez al día a las casadas y las viudas, las solteras se resuelven solas. La danza del vientre sirve para hacer vibrar el útero a fin de evitar la formación de coágulos que pueden pasear por su cuerpo e ir a parar a la cabeza, las danzarinas bailan para otras mujeres y no para los dueños del establecimiento, son kundalinis subiendo al cielo enroscándose en troncos de árboles. Mis ancestros me enseñan cómo debo tocarme y parece muy raro seguir órdenes incluso siendo tan precisas, hoy también aprendí ejercicios para el fortalecimiento de la pelvis, con las rodillas flexionadas encajar y desencajar la cadera, tumbarse sujetando las piernas y balancear de un lado hacia el otro, bajar circulando el culo hasta el suelo, montar a fin de perfeccionar la marcha natural. Rienda derecha más tensionada, con la punta del pie hacia abajo, apoyarse sobre los estribos, seguir los siguientes pasos: volverse y sujetar las riendas en la mano izquierda, sobre la crin, después de ajustarlas alrededor del cuellocon ayuda de la mano derecha, tensionando más la rienda derecha. De espaldas a la cabeza, introducir el pie izquierdo en el estribo, bien hondo, ayudándose con la mano derecha y aproximándose de modo a apoyar la rodilla en la silla. Sosteniéndose en el fondo de la silla con la mano derecha y aprovechando el impulso dado por la pierna derecha, elevarse sobre el estribo de forma de quedar con los pies unidos, teniendo cuidado de mantener la punta del pie baja apoyada sobre la cincha para no tocar el vientre, los brazos extendidos y el cuerpo derecho, ligeramente inclinado hacia delante para impedir que la silla de montar se desplace.

sello

Existe siempre alguna cosa más auténtica ocurriendo fuera de nuestro alcance de visión, en el momento en que una estrella se apaga es porque ya no existía y tampoco existía el fin de una luz, existe apenas la transformación que escapa a nuestra percepción, existe el presente que nunca fuimos capaces de captar. Este diario fue escrito en el tiempo entre la experiencia que tenemos de la estrella y el momento en que ya no podemos ver nada, solamente escribir sobre lo que pasa fuera de la visión. Este diario cuenta de una mujer y de un caballo que no son ni la mujer ni el caballo que están aquí ante nuestros ojos y tampoco la mujer y el caballo que viven en nuestra cabeza, esos animales están juntos en su singularidad y en lo que comparten con los otros singulares mujeres y caballos, esas criaturas cuyos cuerpos están fuera del alcance de los ojos y de los látigos. Cuando soplo, también sopla el viento que mece la camisa de algodón allá fuera, cuando soplo, también soplan la mujer y el caballo juntos antes de que se apaguen para transformarse en otra cosa.

cabalgar a pelo a la escritura
por Estela Rosa

Pero el mundo fue girando en las patas de mi caballo.
— Jair Rodrigues

¿Qué se busca al colocar la montura en un caballo y lanzarse a cabalgar en busca de otro caballo y de una mujer? ¿Cuál es el límite entre las piernas de una mujer y el lomo del caballo que monta? ¿Cómo diferenciar en el galope ritmado quién es la mujer y quién es el caballo? ¿A quién sirven estos cuerpos que se cargan? ¿Qué forma pueden tener? ¿Cómo narrar a partir de esta búsqueda por la forma? ¿Sería como narrar la rapidez del galope?

Toda escritura gira alrededor de una obsesión. "Un escritor escribe sobre seis cosas en toda su vida. Yo, sintética: mujer y caballos". Mientras acompaño la búsqueda de Julia Raiz por su obsesión, la mujer y el caballo, pienso en un juego que jugaba con mi madre de niña, una manera de aplacar la espera de una hija. Sentada en el borde de la calle, mi madre y yo esperando a mi padre. "Siquiera necesito escuchar, basta sentarme y esperar". El juego consistía en contar cuántos autos pasaban hasta que llegara el hombre. Dos mujeres sentadas y a la espera. La obsesión era saber cuántas máquinas pasarían hasta que nuestro objetivo (el hombre) llegara. Las partes de la obsesión se configuraban en medios de desplazarse de la espera, así que contábamos juntas cuántos autos rojos, cuántos autos blancos, cuántos autos azules, trece motos, veintisiete autos negros, un autobús escolar, una mobilete, ocho bicis, un hombre con una carretilla, una carreta, dos caballos. En fin, el hombre llega y podemos levantarnos.

Sentarse y esperar es una forma de contar el tiempo, pero las entradas del *Diario* no llevan fechas. La ausencia de días, meses y años nos enfrenta a otra forma de esperar, una espera activa de quien registra todo lo que pasa alrededor. Aunque sentarse y esperar se parezca a estar quieto, para Julia, decir una obsesión es estar en constante movimiento. Como una historia atemporal de la espera de la mujer, las entradas del *Diario* no tienen fechas porque se organizan en el movimiento entre el cuerpo del caballo y el cuerpo de la mujer, esta relación de la forma con el cuerpo que recibe el texto. Una obsesión en tiempo presente: Julia busca los caballos y la mujer en todos los lugares, muebles, canciones, fotos, libros, Mercado Libre, religión, sueño, rostros ajenos. La mujer y el caballo son narrados al galope en entradas sin fecha del diario. Dada la obsesión, Julia Raiz escribe, "como un chicle bien masticado, el registro de una obsesión".

En una de sus entradas, Julia Raiz dice "Di vueltas sin ton ni son, sin saber volver a casa, porque ese libro es todo imposible, perdí la capacidad de trazar caminos", y pienso en Walter Benjamin, quien afirma que decir no solo es la expresión del pensamiento, sino también su realización, y agrega que "caminar no es ya tan solo expresión del deseo de alcanzar una meta, sino su propia realización". Al darse cuenta de la imposibilidad de decir, Julia Raiz también pierde la capacidad de trazar caminos. Los objetivos se pierden y el proceso se convierte en una forma de montar un caballo salvaje dejando atrás la idea de la montura. Sin fechas, perdemos también el camino lógico de la historia, pero el *Diario* insiste en existir porque se necesita más que caminar ante la imposibilidad de la escritura; es necesario sentarse, oír, esperar para luego lanzarse al galope en estos textos en un solo aliento.

En esta obsesión, pienso que Julia Raiz insiste en escribir la imposibilidad de trazar caminos para realizarlos al galope, ya que justo al principio del *Diario* recuerda que "Un caballo disparó conmigo en el lomo". Con el registro del disparo, tal vez la forma de un diario sea la que pueda dar cuenta de una obsesión, como si necesitáramos ocultar lo que más pensamos entre páginas íntimas y pequeños candados en forma de corazón. Disparo, la forma diario se presenta como una alternativa para escribir lo que sucede alrededor, abandonando la idea de una "escritura de hombres", abriéndose al galope de la escritura de la mujer y del caballo.

Pero percibo cierta incomodidad cuando leo a Julia decir que "me gustaría escribir en forma de canción un ritmo alegre para tocar al volante mientras paras en el paso de peatones", como si hubiera un posible quiebre distinto para sus textos que galopan, como si fuera posible imponer otra marcha a la mujer y al caballo. He escuchado muchas veces a Julia Raiz reír un poco incómoda por la insistencia que tenemos de colocar el *Diario* en las estanterías de poesía. Aprendí de ella que lo que hay aquí no son poemas, son entradas, son fragmentos, o, tal vez, son poemas que no se dejan cabalgar, que no se pliegan ante los quiebres. La obsesión aquí no es por la cesura, sino por el galope. Si hay quiebres, es precisamente donde no encontramos las fechas, cuando cambia la página del *Diario*. En cada vuelta de página, que podría ser entonces un quiebre, Julia Raiz comienza de nuevo su tarea de escribir un libro imposible, echando mano de una narrativa sin fechas para tratar de lograr al máximo pensar en el presente. En cada fragmento, la mujer y el caballo son pensados por las partes de sus cuerpos que están en juego, es posible que ahí exista un quiebre, en el salto sin fecha en el que se encuentran la mujer y el caballo.

Los diarios son comúnmente vistos como una forma de escritura menor, se leen como una forma de escritura confesional, registros íntimos que, en su origen, no deberían ser compartidos. Es en este campo deslizante de una narrativa fragmentada donde Julia juega libremente con la forma. El diario nos entrega entonces un límite, que nos confunde con las posibilidades de narración y poesía, que nos hace insistir en colocarlo en una estantería específica. Pero como este es un libro imposible, no hay definiciones. "Mi poema está listo para explotar". Es en esta indefinición, en esta explosión donde se encuentran los textos de Julia en su *Diario: la mujer y el caballo*.

Al mismo tiempo, no es que Julia eligiera el diario por no entender su escritura como un libro, sino que su estrategia de indefinición lleva a una suspensión en la que puede repensar el libro, llegar a un prelibro, eso que se daría en el proceso. "¿Es posible escribir un libro así? ¿De la misma forma como se condimenta una salsa?". En el momento en que la escritura se pierde en su camino, Julia parece encontrar el punto de la forma, como si buscara obsesivamente el punto justo en una comida. Escribir como quien cocina.

Al aceptar el juego lúdico de la obsesión, el conteo, el encuentro, los tipos de caballos, las mujeres por las calles, los cuerpos reconociéndose por los olores, Julia galopa consciente, variando sus velocidades en el texto, reteniendo las riendas del caballo no como quien quiere detenerse, sino como quien desea detenerse un poco más en lo que pretende representar: "voy a relajar mis hombros voy a volver a escribir lo que quiero y sólo porque puedo y este diario es sólo mío, tengo total control sobre él y escribo lo que me da la gana".

Con el cuerpo plasmado en la dinámica del diario, pienso en Julia como alguien que no quiere escribir la Historia, sino hacer una historia como quien hace fideos con calabacín. Es por el cuerpo de la mujer, tan mezclado al del caballo, que Julia convierte la escritura de su diario en una herramienta para su pensamiento. Es a través del cuerpo que se lleva a cabo el trabajo del *Diario*, este cuerpo que se despliega mientras galopa por las páginas.

(*Por último, hay un estribillo que resume bien lo que siento cada vez que leo el* Diario: la mujer y el caballo. *Es un estribillo que canto desde que era muy niña, una canción del dúo Bull & Bill. Dice más o menos así: "Agarré mi caballo, le puse la silla y me subí, pero el animal 'taba loco, creo que era el sol. Caballo loco, me tiró al suelo. Caballo loco, casi me mata. Caballo loco, al suelo me tiró. Caballo loco, menos mal que jinete soy"*).

Estela Rosa es poeta, traductora y máster en Literatura por la Universidade Federal do Rio de Janeiro (UFRJ). Nació en Miguel Pereira, región serrana del Rio de Janeiro. Forma parte de la iniciativa Mulheres que Escrevem (Mujeres que Escriben) y es la autora de los libros Um rojão atado à memória *(7Letras) y* Cine Studio 33 *(Macondo Edições). Actualmente, trabaja como escritora de juegos digitales en la Dumativa Game Studio.*

Primera edición [2023]

Este es el libro número 12 de Telaranha Edições. Compuesto en Tiempos, sobre papel polen 80 g, e impreso en los talleres de Gráfica e Editora Copiart en septiembre de 2023.

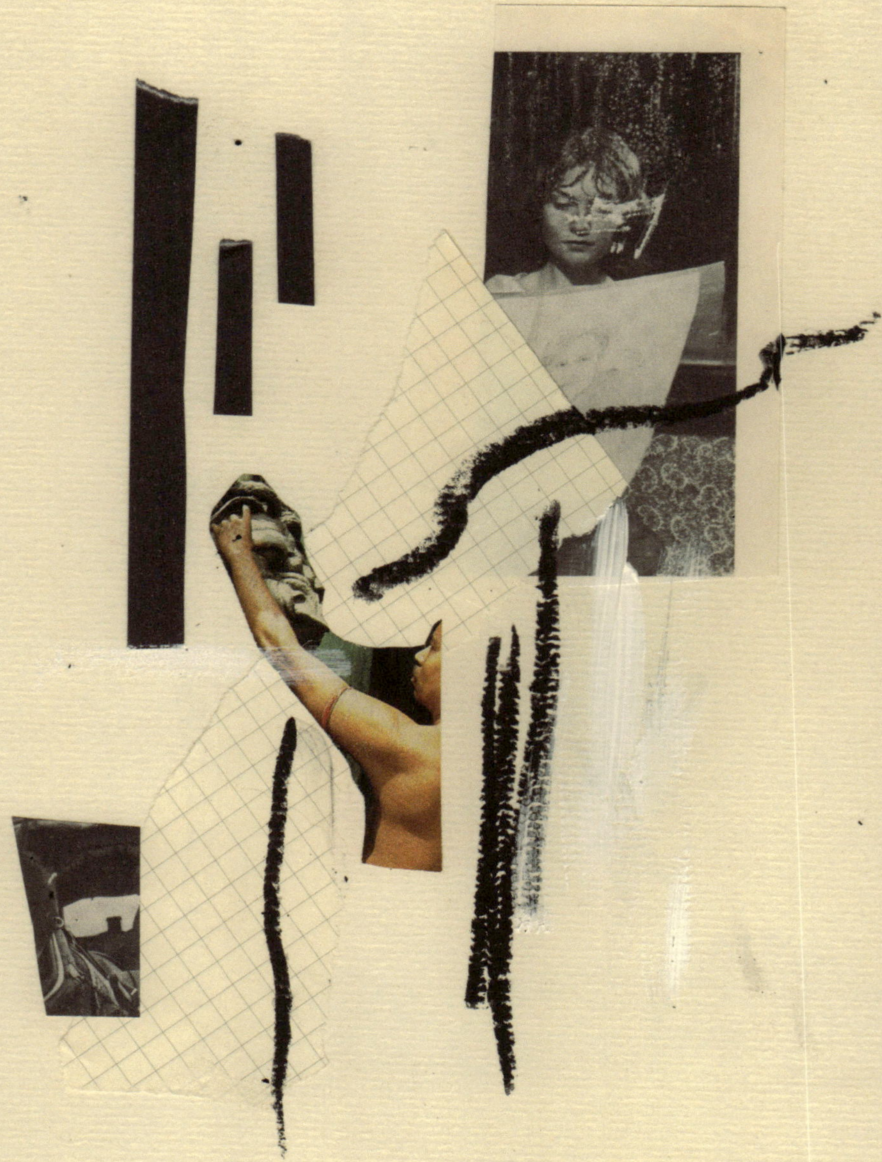

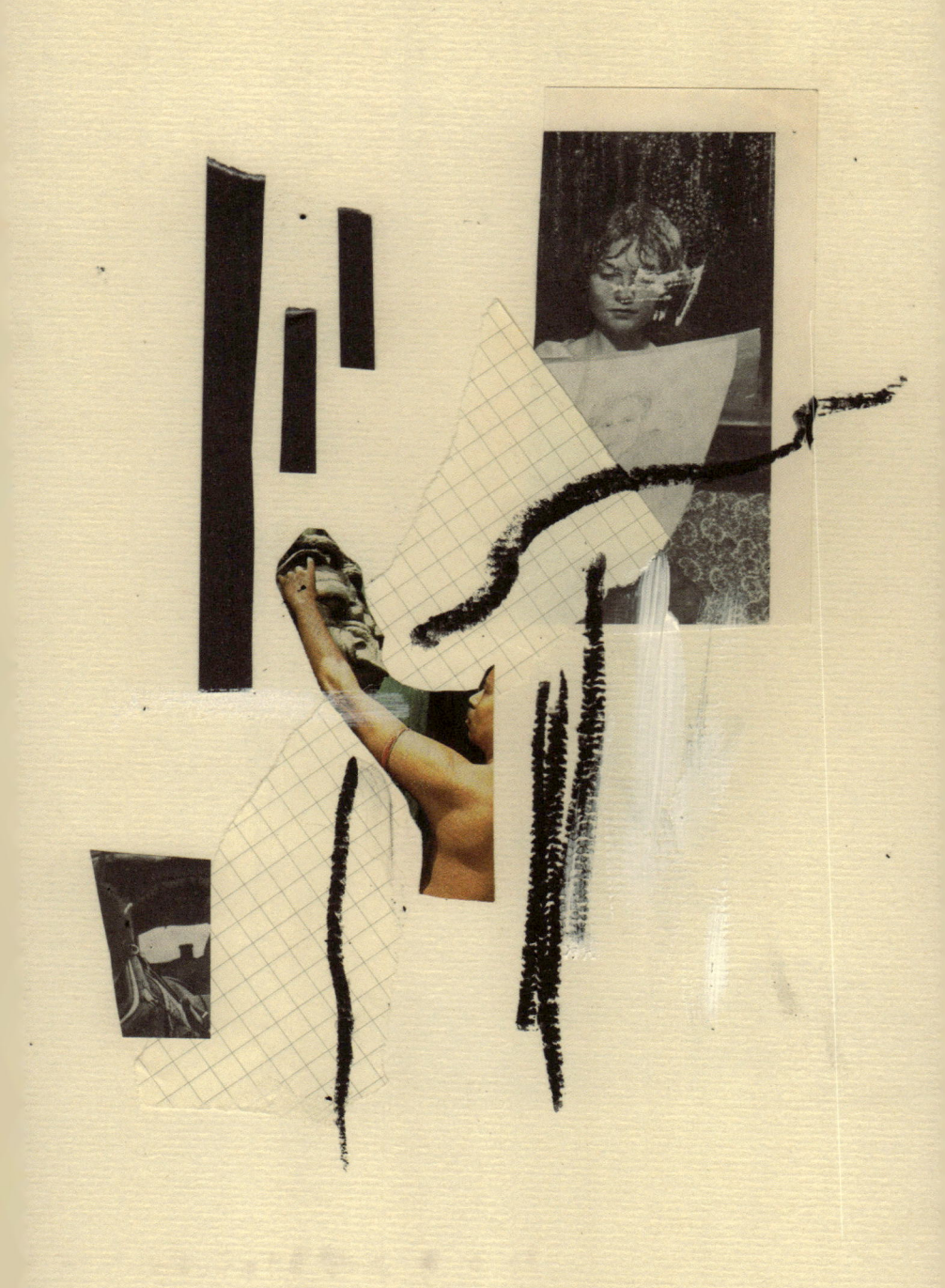

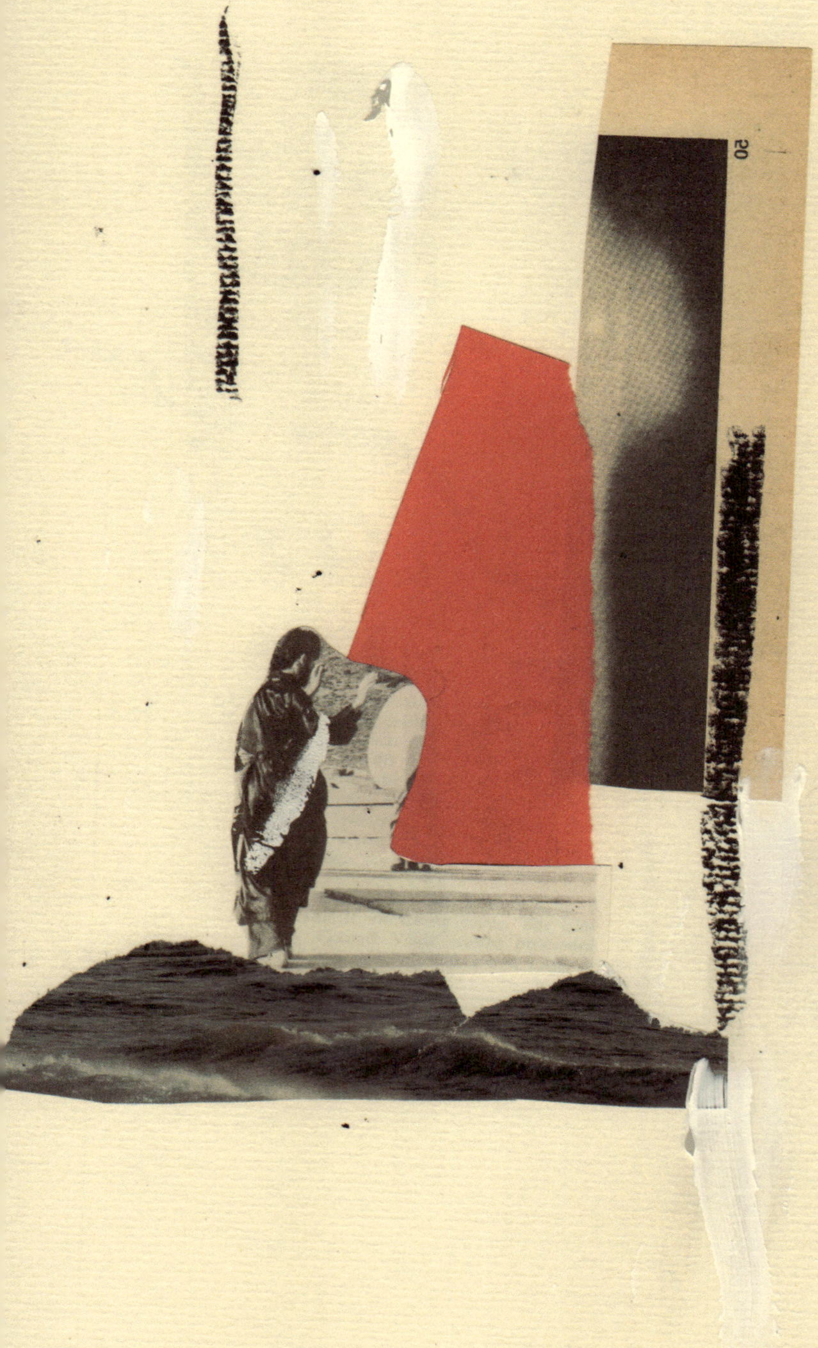

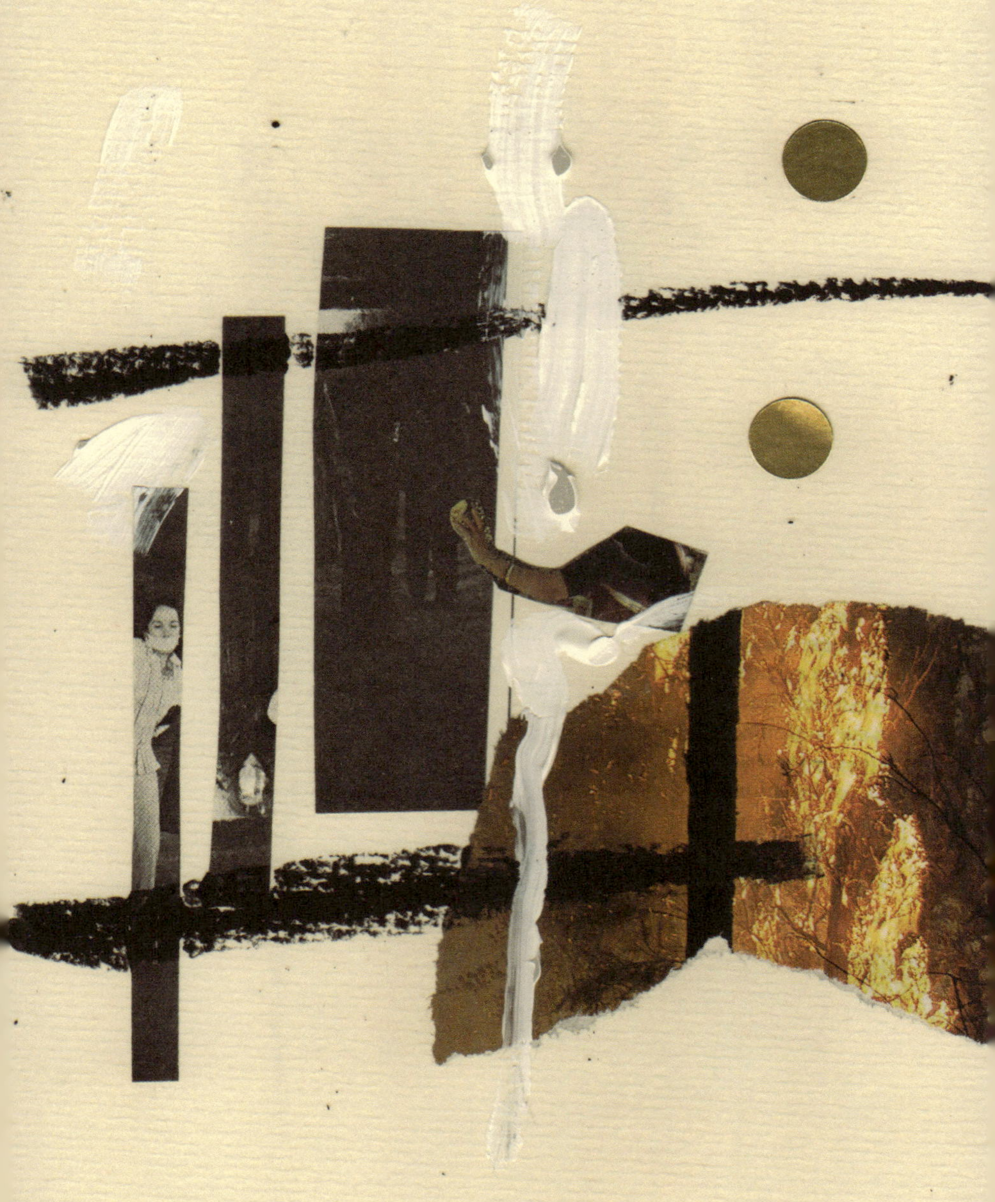

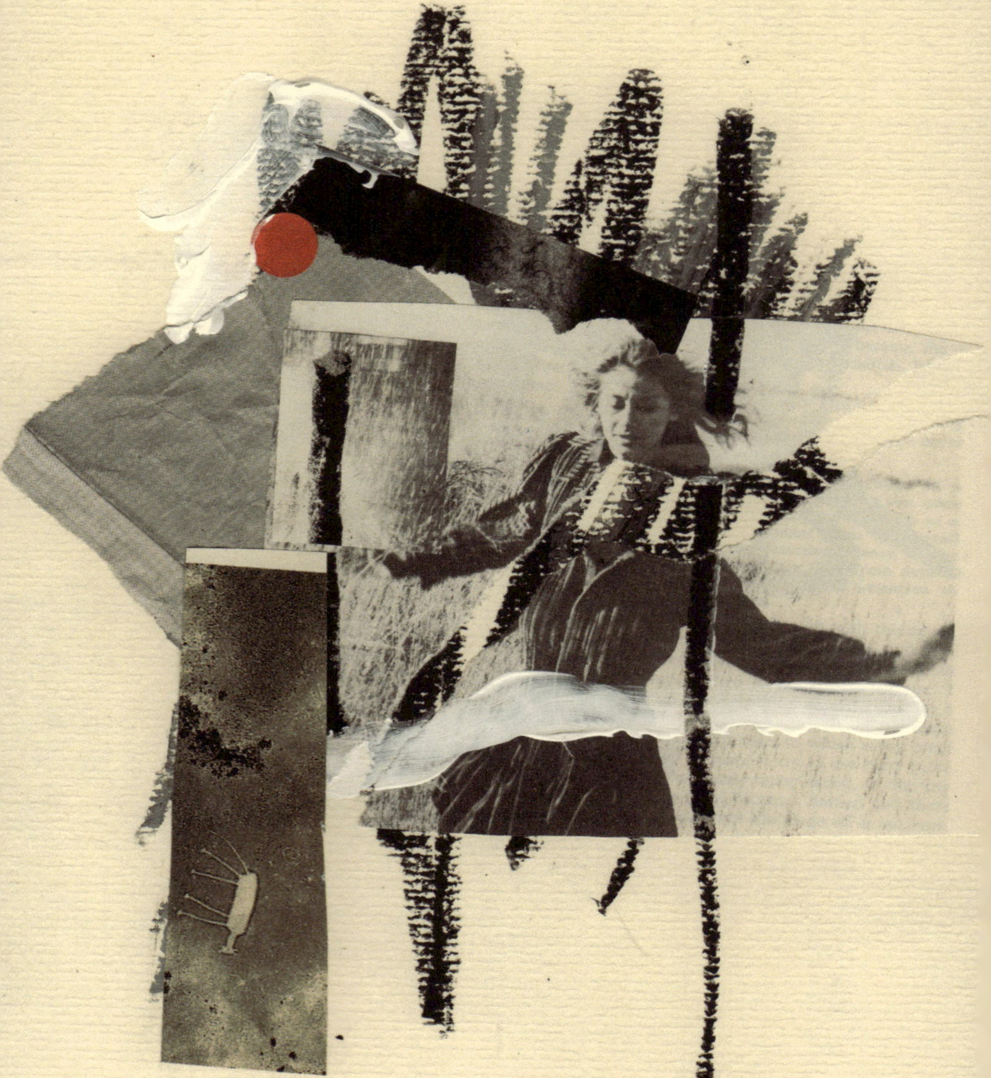

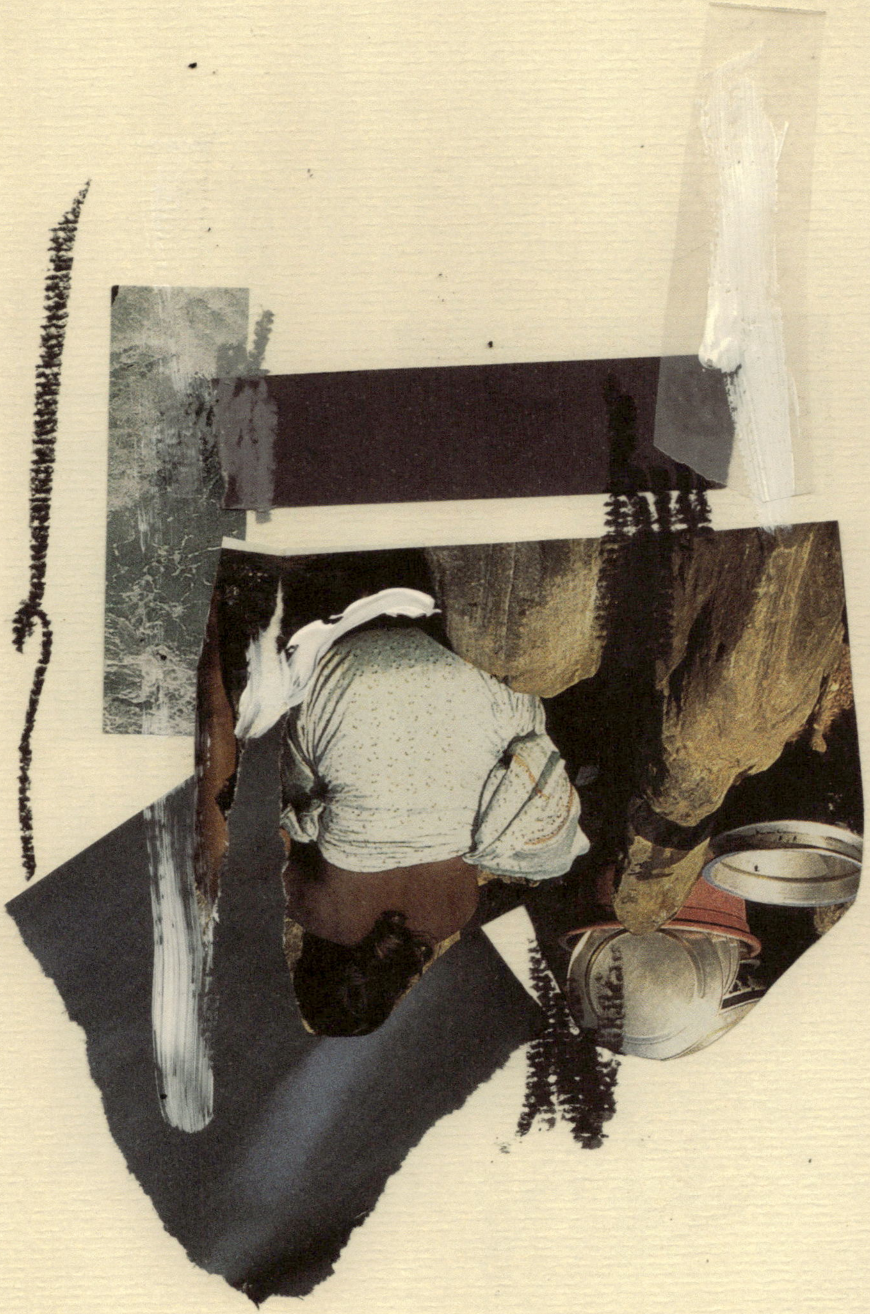

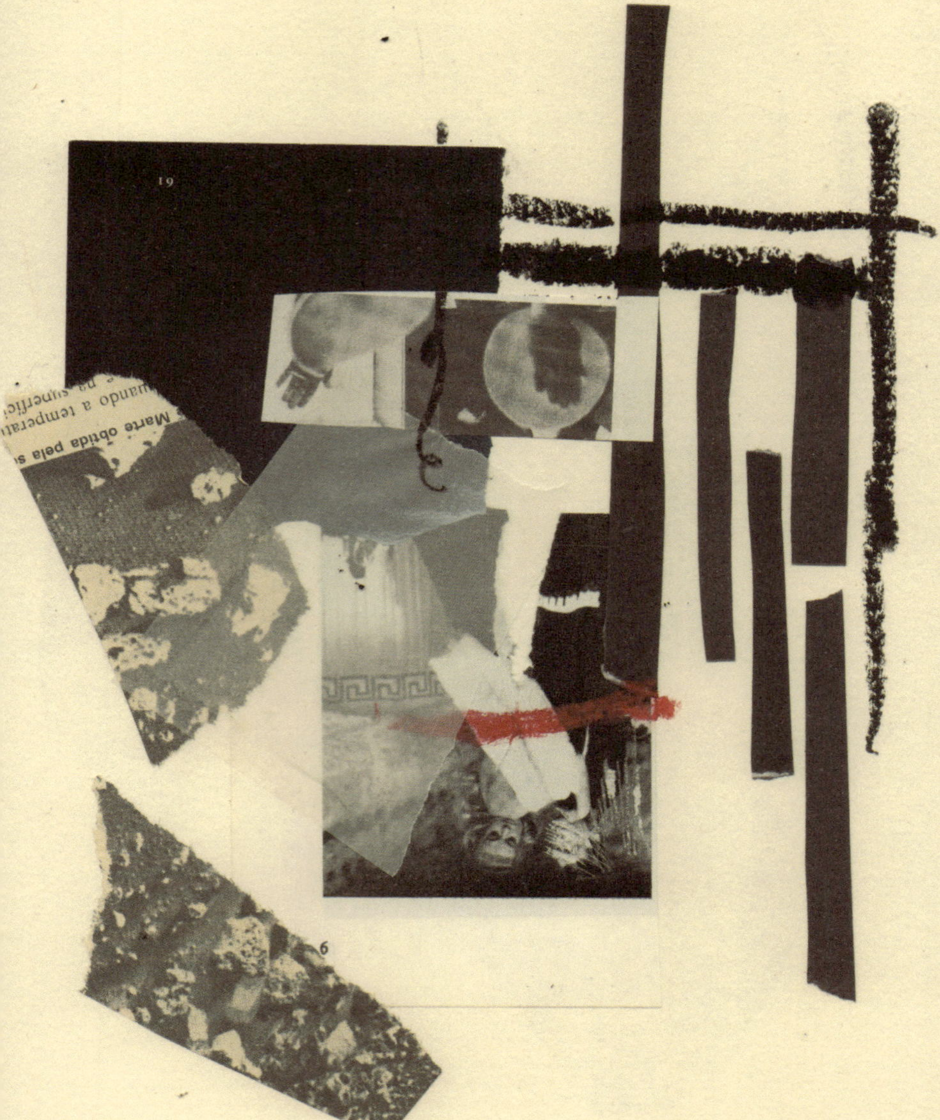
Marte obtida pela

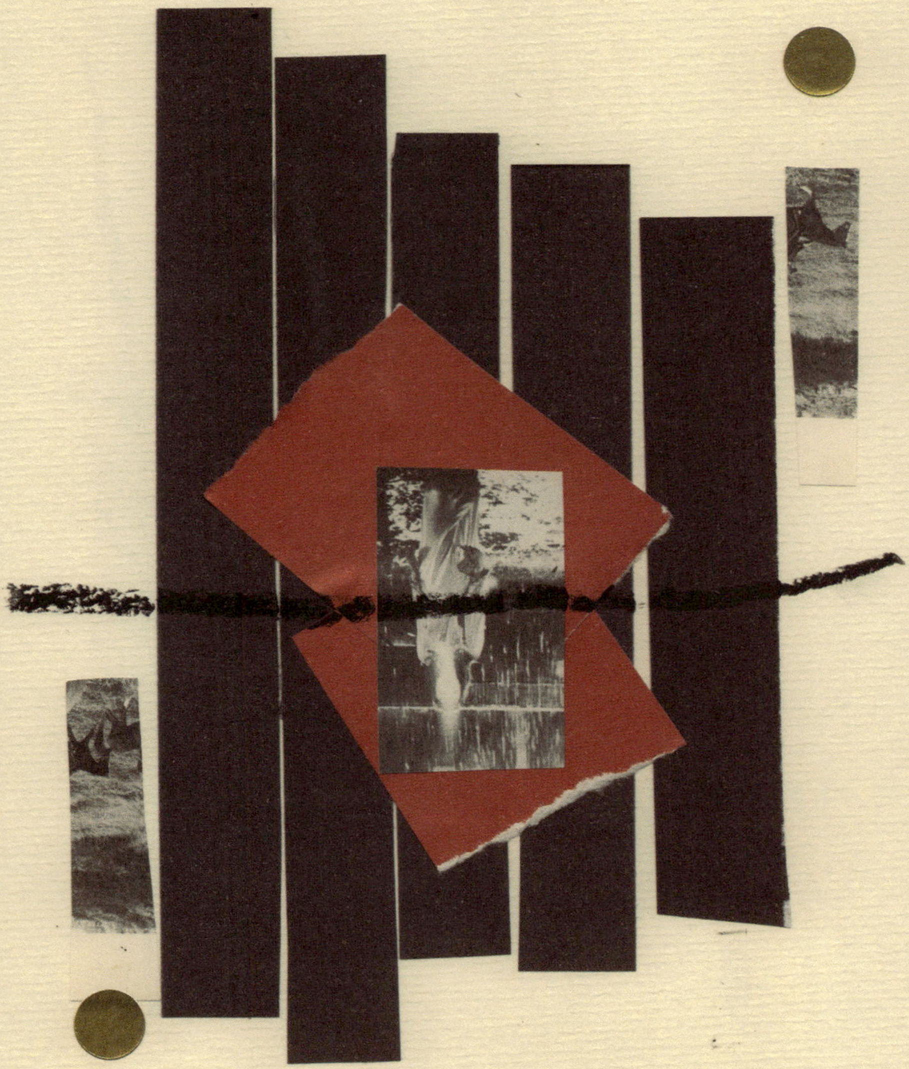

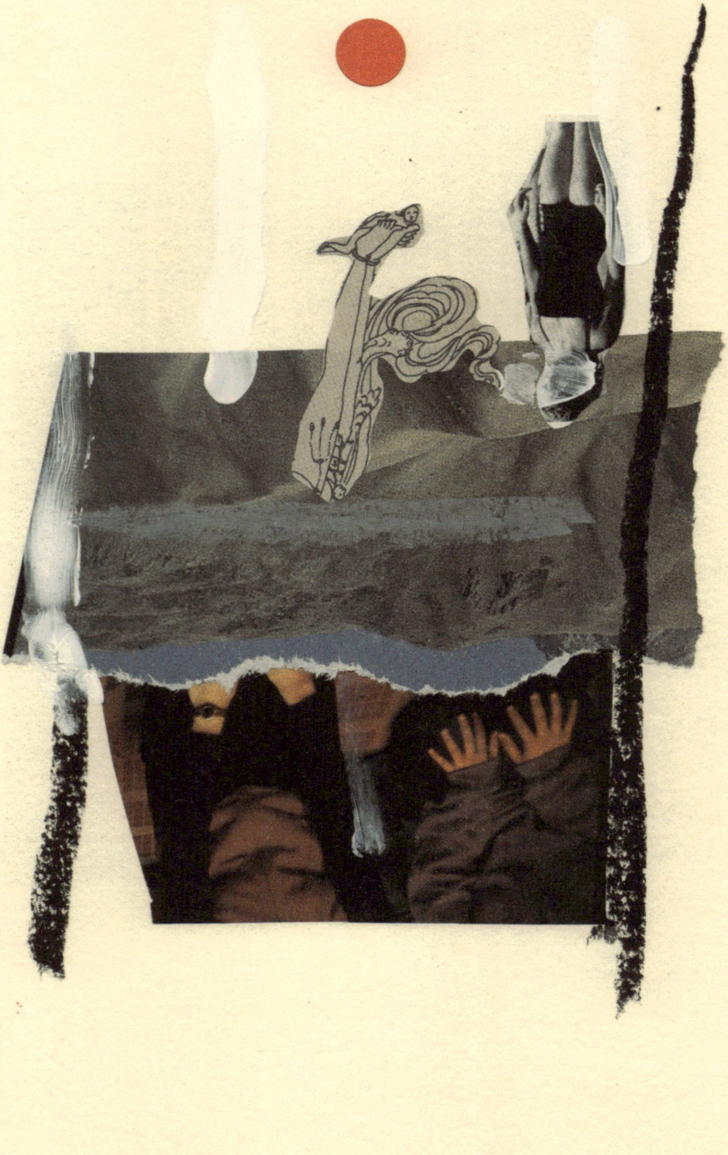

1ª edição [2023]

Este é o livro nº 12 da Telaranha Edições. Composto em Tiempos, sobre papel pólen 80 g, e impresso nas oficinas da Gráfica e Editora Copiart em setembro de 2023.

✻ ✻ ✻

Com seu corpo escrito na dinâmica do diário, penso em Julia como alguém que não quer escrever a História, mas sim fazer uma história como quem faz um macarrão com abobrinha. É pelo corpo da mulher, tão misturado ao do cavalo, que Julia faz da escrita de seu diário uma ferramenta para seu pensamento. É pela via do corpo que o trabalho do *Diário* se dá, esse corpo que se espalha enquanto galopa pelas páginas.

(*Por fim, tem um refrão que resume bem o que sinto toda vez que leio o* Diário: *a mulher e o cavalo. É um refrão que canto desde bem pequena, uma música da dupla Bull & Bill. Ele diz mais ou menos assim: "Peguei meu cavalo, botei a sela e montei, mas o bicho tava doido, eu acho que era o sol. Cavalo doido, me jogou no chão. Cavalo doido, quase me matou. Cavalo doido, me jogou no chão. Cavalo doido, ainda bem que eu sou peão"*).

Estela Rosa é poeta, tradutora e mestre em Literatura pela Universidade Federal do Rio de Janeiro (UFRJ), nascida em Miguel Pereira, região serrana do Rio de Janeiro. Faz parte da iniciativa Mulheres que Escrevem e é autora dos livros Um rojão atado à memória *(7Letras) e* Cine Studio 33 *(Macondo Edições). Atualmente, trabalha como escritora de jogos digitais na Dumativa Game Studio.*

dar conta ao máximo de pensar o presente. Em cada trecho, a mulher e o cavalo são pensados pelas partes de seus corpos que estão em jogo. É possível que a quebra exista aí, no salto sem data em que se encontram a mulher e o cavalo.

Os diários são comumente tidos como uma forma de escrita menor, são lidos como uma forma de escrita confessional, registros íntimos que, em sua origem, não deveriam ser compartilhados. É nesse campo deslizante de uma narrativa fragmentada que Julia joga à vontade com a forma. O diário nos entrega, então, um limite, que nos confunde com as possibilidades de narração e poesia, que nos faz insistir em colocá-lo em uma estante específica. Mas como este é um livro impossível, não há definições. "Meu poema está prestes a explodir". É nessa indefinição, nessa explosão em que se encontram os textos de Julia em seu *Diário: a mulher e o cavalo*.

Ao mesmo tempo, não é como se Julia fizesse uma opção pelo diário por não entender sua escrita como um livro, mas sua estratégia de indefinição leva a uma suspensão em que ela pode repensar o livro, chegar a um pré-livro, isso que se daria no processo. "É possível escrever um livro assim? Da mesma forma que se tempera o molho?". No momento em que a escrita se perde em seu caminho, Julia parece encontrar o ponto da forma, como se buscasse obsessivamente o ponto certo na comida. Escrever como quem cozinha.

Ao aceitar o jogo lúdico da obsessão, a contagem, o encontro, os tipos de cavalos, as mulheres pelas ruas, os corpos se reconhecendo pelos cheiros, Julia galopa consciente, variando suas velocidades no texto, retendo as rédeas do cavalo não como quem deseja parar, e sim como quem deseja se deter um pouco mais no que pretende representar: "vou relaxar meus ombros vou voltar a escrever o que eu quero e só porque eu posso este diário é só meu, tenho total controle sobre ele e escrevo o que eu quiser".

66

forma de montar um cavalo selvagem, abandonando a ideia da sela. Sem datas, perdemos também o caminho lógico da história, mas o *Diário* insiste em existir porque é preciso mais do que caminhar perante a impossibilidade da escrita, é preciso sentar-se, ouvir, esperar para, então, disparar em galope nesses textos de um fôlego só.

Nessa obsessão, penso que Julia Raiz insiste em escrever a impossibilidade de traçar caminhos para realizá-los a galope, já que logo no começo do *Diário* ela lembra que "Um cavalo já disparou comigo no lombo". Com o registro do disparo, talvez seja a forma de diário a que consiga dar conta de uma obsessão, como se precisássemos esconder o que mais pensamos entre páginas íntimas e pequenos cadeados em formato de coração. Disparo, a forma diário se apresenta como uma alternativa de escrever o que acontece ao redor, abandonando a ideia de uma "escrita de homens", abrindo-se ao galope da escrita da mulher e do cavalo.

Mas percebo algum incômodo quando leio Julia dizer que "queria escrever em forma de canção um batuque alegre para tocar no volante enquanto você para na faixa de pedestres", como se houvesse uma possível quebra diferente para seus textos que galopam, como se fosse possível impor outra marcha à mulher e ao cavalo. Já ouvi muitas vezes Julia Raiz rindo, um pouco incomodada, da insistência que temos de levar o *Diário* às estantes de poesia. Aprendi com ela que o que há aqui não são poemas, são entradas, são trechos ou, talvez, são poemas que não se deixam encavalgar, que não se dobram às quebras. A obsessão aqui não é pela cesura, e sim pelo galope. Se há quebras, é justamente onde não encontramos as datas, quando a página do *Diário* muda. A cada virada de página, que poderia ser, então, uma quebra, Julia Raiz recomeça seu trabalho de escrever um livro impossível, lançando mão de uma narrativa sem datas, para tentar

As partes da obsessão se configuravam em meios de se deslocar da espera, então contávamos juntas quantos carros vermelhos, quantos carros brancos, quantos carros azuis, treze motos, vinte e sete carros pretos, um ônibus escolar, uma mobilete, oito bicicletas, um homem com um carrinho de mão, uma charrete, dois cavalos. Enfim, o homem chega e podemos nos levantar.

Sentar e esperar é um jeito de contar o tempo, mas as entradas do *Diário* não têm datas. A falta de dias, meses e anos nos coloca uma outra forma de esperar, uma espera ativa de quem registra tudo o que se passa ao redor. Ainda que se sentar e esperar se pareça com estar parado, para Julia, dizer uma obsessão é estar em constante movimento. Como uma história atemporal da espera da mulher, as entradas do *Diário* não têm datas porque se organizam no movimento entre o corpo do cavalo e o corpo da mulher, essa relação da forma com o corpo que recebe o texto. Uma obsessão em tempo presente: Julia busca os cavalos e a mulher em todos os lugares, móveis, músicas, fotografias, livros, Mercado Livre, religião, sonho, rostos dos outros. A mulher e o cavalo são narrados a galope em entradas de diário sem data. Dada a obsessão, Julia Raiz escreve, "como um chiclete bem mastigado, o registro de uma obsessão".

Numa de suas entradas, Julia Raiz diz que deu "voltas à toa, sem saber voltar para casa, porque esse livro é todo impossível, perdi a capacidade de traçar caminhos" e penso em Walter Benjamin, que afirma que dizer não é apenas a expressão do pensamento, mas também a sua realização, e completa dizendo que "do mesmo modo, caminhar não é apenas a expressão do desejo de alcançar uma meta, mas também sua realização". Ao perceber a impossibilidade de dizer, Julia Raiz também perde a capacidade de traçar caminhos. Os objetivos se perdem e o processo se torna uma

cavalgar a escrita no pelo
por Estela Rosa

Mas o mundo foi rodando nas patas do meu cavalo.

— Jair Rodrigues

O que se pretende quando se coloca a sela em um cavalo e se propõe a cavalgar em busca de outro cavalo e de uma mulher? Qual é o limite entre as pernas de uma mulher e o lombo do cavalo que monta? Como diferenciar no galope ritmado quem é a mulher e quem é o cavalo? A serviço de quem estão esses corpos que se carregam? Que forma eles podem ter? Como narrar a partir dessa busca pela forma? Seria como narrar a rapidez do galope?

Toda escrita gira em torno de uma obsessão. "Um escritor escreve sobre seis coisas a sua vida inteira. Eu, sintética: mulher e cavalos". Enquanto acompanho a busca de Julia Raiz por sua obsessão pela mulher e pelo cavalo, penso em um jogo que fazia com minha mãe quando era pequena, uma maneira de aplacar a espera de uma filha. Sentada na beirada da rua, eu e minha mãe a esperar meu pai. "Nem preciso ouvir, é só me sentar e esperar". A brincadeira consistia em contar quantos carros passavam até o homem chegar. Duas mulheres sentadas e a espera. A obsessão era saber quantas máquinas passariam até que nosso objetivo (o homem) chegasse.

selo

Existe sempre alguma coisa mais verdadeira acontecendo fora do nosso alcance de visão, no momento em que uma estrela se apaga é porque ela já não existia e não existia também o fim de uma luz, existe apenas a transformação que escapa à nossa percepção, existe o presente que nunca fomos capazes de captar. Este diário foi escrito no tempo entre a experiência que temos da estrela e o momento em que não podemos mais ver nada, apenas escrever sobre o que se passa fora da visão. Este diário fala de uma mulher e de um cavalo que não são nem a mulher e o cavalo que estão aqui diante dos nossos olhos nem a mulher e o cavalo que vivem na nossa cabeça, esses animais estão juntos na sua singularidade e no que eles compartilham com os outros singulares mulheres e cavalos, essas criaturas cujos corpos estão fora do alcance dos olhos e chicotes. Quando eu sopro, também sopra o vento que mexe a camisa de algodão lá fora, quando eu sopro, também sopram a mulher e o cavalo juntos antes de se apagarem para se transformarem em outra coisa.

o auxílio da mão direita, tensionando mais a rédea direita. De costas para a cabeça, introduzir o pé esquerdo no estribo, bem fundo, auxiliando-se com a mão direita e aproximando--se de modo a apoiar o joelho na sela. Firmando-se no fundo da sela com a mão direita e aproveitando o impulso dado pela perna direita, elevar-se sobre o estribo de forma a ficar com os pés unidos, tendo o cuidado de manter a ponta do pé abaixada apoiada sobre a cilha para não cutucar o ventre, os braços estendidos e o corpo direito, ligeiramente inclinado para frente para impedir que a sela se desloque.

dançando com você
contra a sua vontade

Nossa Senhora apareceu para mim e encostou o umbigo no meu, repetiu um antigo provérbio mexicano que diz que a mulher tem que vibrar, é importante fazer gozar pelo menos uma vez ao dia as casadas e as viúvas, as solteiras resolvem-se sozinhas. A dança do ventre serve para fazer vibrar o útero a fim de evitar a formação de coágulos que podem passear pelo seu corpo e ir parar na cabeça, as dançarinas dançam para outras mulheres e não para os donos do estabelecimento, são kundalinis subindo ao céu enroscando-se em troncos de árvores. Meus ancestrais ensinam como eu devo me tocar e parece muito estranho seguir ordens mesmo elas sendo tão precisas, hoje também aprendi exercícios para o fortalecimento da pélvis, com os joelhos flexionados encaixar e desencaixar o quadril, deitar segurando as pernas e balançar de um lado para o outro, descer circulando a bunda até o chão, montar a fim de aperfeiçoar o andamento natural. Rédea direita mais tensionada, com a ponta do pé para baixo, apoiar-se sobre os estribos, seguir os seguintes passos: voltar-se e segurar as rédeas na mão esquerda, sobre a crineira, depois de ajustá-las em volta do pescoço com público, ele conversando comigo olhando sempre em frente como se eu não estivesse ali, de noite, sonhei com ela cantando poesias, existe alguma coisa debaixo da sua pele que se mexe quando ela abre a boca, eu não sei de onde ela veio, lá do norte talvez, vou relaxar meus ombros vou voltar a escrever o que eu quero e só porque eu posso e este diário é só meu, tenho total controle sobre ele e escrevo o que eu quiser. O poeta me perguntou aonde eu quero chegar eu respondi o mais alto possível desde criança eu já tinha um queixo que apontava para cima, gritava para minha mãe ficar calma, não dar uma de louca, não dá uma de louca eu gritava. Ela tinha uma amiga que gostava de mulheres, morava numa casa pequena na beira da marginal, todos aqueles carros passando diariamente deixam uma pessoa louca, é preciso ter algumas plantas, pelo menos um cachorro, acender um baseado três vezes ao dia, dançar, vestir roupas coloridas, é preciso desviar das ofensas, ser sempre superior senão você acaba martelando o sujeito na cabeça.

imperatriz barbe

Gostaria de poder contar as impressões dos últimos dias, como os cavalos pastavam, de costas para o mar, ainda mais alheios à minha existência, como me senti uma mulher comum quando não mergulhei na escuridão à noite cada vez mais afastada das meninas gordas que dançavam enquanto os lencinhos eram agitados no ar, não caí da pedra, não bati a cabeça, não transei no resto de rede entre as carcaças dos caranguejos como previa o capítulo anterior, não consegui formular frases para dizer que o homem com quem eu estava naquela noite era tão comum quanto a cama, a mesa de cabeceira, a moça da recepção. Só consegui admitir no formulário que a única pessoa que amei foi a minha amiga de infância com quem eu tomava banho, ela alisava as minhas pernas e gostaríamos de viver para sempre juntas, em vez disso nos envolvemos com esses e aqueles meninos mirrados, pálidos, curvados, ineficientes. Meu médico disse que eu tenho pálpebras de rinite alérgica, que eu mato os bebês por dentro, que eu sou uma pessoa rara e tive que segurar o riso enquanto ele puxava meu dedão para trás e o encostava no meu braço. De dia, encontrei um poeta num lugar desce um barranco e cruza a estrada talvez perto do trilho do trem. (*Sons de pessoas falando ao fundo*) uma propaganda da Panvel marca de farmácia falando de um calmante natural que você próprio pode produzir que é um (*debochada*) abraço que dura em média 3 segundos então você não perde tempo (*uma voz ao fundo: quando você abraça assim mais demoradamente...*) os animais se abraçam. (*Som de uma folhagem verde-escura fritando por 25 segundos*). (*Sílabas alongadas*) incluir o caixa do Walmart ele montava e é da Eslováquia e esse sentimento quando o estômago parece que está caindo por dentro. (*Voz de um homem*) oi testando testando (*em slow motion*) não fala direito né aperta o botão então. Descrever as mulheres que vi na rua hoje uma mulher de 60 anos 1 metro e 85 muito branca com vitiligo e (*pensa*) a moça que serviu o café para os velhos (*pausa*) e a senhora loira com camisa de seda calça de leopardo salto alto. (*Música pop ao fundo*) sonhei com uma estátua enorme da Virgem Maria que eu conseguia ver do meu telhado ela mexia os olhos começava a piscar (*we don't talk anymore*) estava viva. (*Lê um poema sobre gueixas*). Sujeira é matéria que cruzou os limites as fronteiras que não deveria cruzar um texto estuporado. Miasma. (*Animada*) acabei de voltar estou me sentindo um pouco melhor está muito quente aqui dentro e hoje eu vou escrever no diário. (*Lê outro poema, dessa vez sobre coisas maiores e coisas menores, ênfase no verso "a good fighting horse"*).

vitral

(*Suave*) acabei de reler uma mensagem de um cara chamado Gustavo que falou do diário ele mandou uma pintura do Munch *Cavalo Galopante* feita entre 1910 e 1912 e depois um trecho do Kafka não entendi muito bem mas é isso. Não sei se eu estou bem hoje parece inútil ficar gravando as coisas também (*forte suspiro*) eu não sei preciso ver como isso pode ajudar (*murmúrios incompreensíveis*) é isso (*lê "Jazz"*). Eu tenho impressão de que estou sempre consumindo (*pausa longa*) elas pegam fogo e se consomem muito rapidamente (*dúvida*) e aí tudo o que resta é uma panela estourada. Parece que (*risos*) eu estou começando a perceber o que é e eu não acredito (*sons de prato se batendo*) (*recomeça suave*) estou comendo pipoca ouvindo um CD chamado *O Cavalo* a pipoca foi estourada antes de ontem e ainda está boa. (*Música agitada*) eu estou nervosa até pra lavar a mão é difícil (*suspiro*) eu me olho no espelho minha cara derrete. (*Mais calma*) Lila e Lenu estão indo pra praia e começa a chover muito forte elas têm que voltar e ficam ensopadas chegam em casa e apanham dos pais mas na ida pra praia elas percebem um velho que se masturba na janela e um cavalo que

meio-dia sol subtil

Me lembrei hoje do primeiro texto que escrevi para ser publicado: "Recompensa em dinheiro por informações sobre a égua das fotos" contava a história de uma mulher com insônia assombrada pelos barulhos do novo apartamento, um vizinho que errava sempre a porta, a ideia de uma criança que se escondia no vão entre o armário e a parede, um homem que finalmente voltava para machucá-la. O editor da revista tirou do texto qualquer coisa de idiota: ela tinha um amante ou esperava pela morte? Quantos livros eu precisaria vender para comprar um manga-larga marchador? E um macho campolina de 11 anos? Ou uma égua crioula prenha da seção de embriões e ventres? Está à disposição da escritora que lucra: uma minimula linda muito pequena e rara menor que pônei, cobertura ou sêmen de cavalo quarto de milha, égua manga-larga filha de pais com registro provisório, potro pampa argentino homozigoto, mula de patrão, égua linda, cavalo supermanso, burro branco bão de lida um trator pra roça, burro produto novo, cavalo baio ótima morfologia, potro 8 meses árabe, besta loira, potranca crioula, égua neta do Keys To The Moon, cavalo domado 7 anos capado, potra xucra, jumento, minipôneis para o seu evento, égua petiscona, *such a horsey fantasy.*

anos e elas, nessa idade, são terríveis, porque já sangram e sabem esconder pequenas coisas nos bolsos, como talheres, bibelôs e peças de tapeçaria. Torceu a barra do vestido na porta e limpou os pés no carpete surpreendendo os empregados, disse que viera de muito longe e viajava à procura de casamento com o Príncipe Montador. Foi preparado para a hóspede um quarto na torre alta, o mais perto possível do elevador de serviço, e, para verificar a veracidade da sua ascendência nobre, pediram que ela dormisse numa cama com 27 colchões cobertos por 27 edredons, escondendo, no fundo da alma, uma ervilha. Garantida a ceia, o banho, a camisola improvisada, foram todos dormir sonhando a eficácia da armadilha. Assim que as últimas luzes se apagaram, porém, da janela voou um colchão e outro e outro até que os 27 estivessem muito bem-posicionados, a menina guardou a ervilha, a presilha, a água de cheiro, o candelabro, a sela no bolso e saltou pela janela.

destino

Este é um diário como um chiclete bem mastigado, o registro de uma obsessão: ouvi duas garotas que conversavam no ônibus sobre as mães dos ex-namorados e como elas ainda telefonavam umas para as outras para combinar passeios por lugares públicos, falam com as mães sobre os meninos muito rapidamente e logo partem por outros caminhos não como parentes de sangue, mas como amigas de braços dados dividindo o mesmo canudo, na infância poderiam ter tomado banho juntas ou gravado vídeos caseiros. Existem essas crianças debaixo da terra pisoteada, existem essas meninas que precisam ser colhidas como tubérculos e sacudidas. Uma gengiva alta, uns dentes de cavala, os molares, os pré-molares, os caninos, os dentes da frente ainda serradinhos embaixo da terra crescendo num pé de qualquer coisa vão parar debaixo do colchão de homens poderosos como na história da princesa e da ervilha. Era uma vez, num reino distante, uma noite de tempestade, bateu na porta do castelo uma menina desmanchada pela água, dentes da frente como de um cavalo adulto, muito rota e cabelo sem volume. Deixaram a menina entrar a custo porque já tinha bem dezesseis

carrossel

Você pode ser uma mulher de circo com corpo de borracha prestes a ser comida por um cavalo, a começar pelas pernas, o homem do lado corrige a descrição: não, olha aqui, é um homem sendo perseguido por um touro, está vendo a capa vermelha? Hoje mesmo, na cidade de Teruel, Victor Barrio morreu após ser chifrado no peito por um touro em espetáculo transmitido ao vivo pela tevê espanhola. Estávamos eu e meus irmãos na beira do mar em Barcelona, a faixa de areia estreita tomada pelas cores de guarda-sóis que rodavam, enquanto filhotes de baleia orca brincavam com as crianças no raso, uma ave perfura o mar e todos param para observar a manobra, de volta à superfície ela joga para cima um filhote de golfinho que cai em câmera lenta permitindo que tivéssemos tempo para discutir a possibilidade de tudo aquilo, a ave, quando abre o bico, dobra inteira de tamanho e engole o filhote com facilidade. Tenho uma barriga de 9 semanas e uma toalha enrolada no pescoço, carrego sacolas de supermercado, o que a criança da sacola quer dizer quando declama: eu sou apenas uma criança. A criança é um bom ator que consegue dar existência a um ator ruim, dar à vista seus cacoetes, suas maneiras de canastrão, uma criança sempre encena a existência de uma outra criança tal qual ela não é.

47

e braços abertos por causa do calor, compartilham beliches com prisioneiras: mulheres muito brancas, despenteadas, seminuas. Do chão, uma mulher, que dorme sozinha, se ergue como se ainda estivesse sonhando. À medida que o fogo se espalha, as reféns correm primeiro para fora, gritando sempre atordoadas, em seguida os homens também fogem, feridos pela espada dos inimigos que os esperam na porta. Completada a missão, os samurais e o camponês preparam--se para pegar a trilha de volta, quando o camponês olha para trás e vê que sai da cabana em chamas, intacta como por um milagre, a mulher que dormia no chão. O homem corre desesperado até ela, reconhecendo-a como a esposa que tinha sido raptada, mas seu rosto, que até agora permanecia impassível, se contrai numa careta de horror e a mulher corre desesperadamente de volta para de onde saiu.

carrego em par o peito, dou aos desajeitados e aos caolhos

Não há nada de mais em ser um homem entediado, o cinema está cheio deles, recitando Rimbaud de cabeça. Homens mais ricos que sanatórios mentais, que não conseguem sentir nada e, por isso, se picam deitados na banheira. O narrador sussurra frases que dão conta da vida. Tão simples. Tão superiores. Esses homens se perguntam: quem controla os homens? Quem controla os homens que controlam? Quantos homens são necessários para se escrever um manifesto? Os homens são, ao mesmo tempo, a roda que gira e a trava que a obriga a parar. Todos esses meninos fazem bico para comer, odeiam o pai, trancam as mães no sótão. Eles não sabem de onde vieram. Saí com o português ontem à noite. Não de verdade, obviamente, por carta. Fomos ao centro assistir a um especial do Kurosawa: *Os Sete Samurais*. Um filme de 3h28min com 10 min de intervalo. Pouco depois da metade, três samurais e um camponês são mandados, a cavalo, para incendiar a cabana onde estão os bandidos que planejam saquear a aldeia e queimá-la. Depois de iniciarem o fogo, que se alastra devagar, os quatro espreitam para dentro da cabana, onde os saqueadores dormem espalhados, pernas

não consigo me livrar do google, ele me persegue feito um namorado obsessivo

Tenho um caroço na cabeça. Não fui ao médico, não fiz exames, não fui diagnosticada. Mas tenho um tumor na cabeça, um tumor mimético, vive para ser outro, cria algo à aparência, a partir de. Esse tumor adquiriu a aparência do meu cérebro, ele o substituiu. Não tenho cérebro, tenho um tumor que tomou o meu crânio como se fosse um cérebro. Parece um cérebro, cheira a cérebro, tem gosto de cérebro. Não sinto dores, tonturas ou enjoos porque ele está tão bem--localizado que ao meu corpo parece, para todos os efeitos, um cérebro. Muito eficientes, os tumores não só se dobram, se multiplicam ao longo do tempo, nunca cessam de nascer e nascer de novo como as mulheres pobres que trabalham na rua. Jack the Ripper, o cérebro, pode ser Druitt, o médico; Klosowski, o barbeiro; Maybrick, o comerciante; Ostrog, o russo; Edward, o duque; Tumblety, o gay; Sickert, o pintor; Kosminsky, o lunático; Barnett, o pescador; Churchill, o lorde; Cream, o abortista; Deeming, o marinheiro; Dudson, o escritor; Bury, o assassino; Cross, o carteiro. Todos homens que montavam cavalos em Londres do século XIX.

tempos, cavalgo a história como se cavalga um homem, de pernas abertas, fingindo que crianças desconhecem o sentido do vaivém que deu origem à humanidade. Dei voltas à toa, sem saber voltar para casa, porque este livro é todo impossível, perdi a capacidade de traçar caminhos.

prisco

Volto à livraria no centro da cidade. Uma porta fechada do lado de várias onde moram senhoras de cabelos brancos que saem às ruas ao amanhecer com sacolas de feira, todas viúvas, visitam uma à outra na hora do chá e, vez sim vez não, pensam em se amassar umas com as outras e se deixar estar no canto da sala. Volto à livraria da dona que usa moletom da Adidas e boné. Vai comemorar o centenário da Revolução Russa e o Oito de Março com uma exposição de antigas máquinas de costura usadas por operárias. No meio de dezenas de metros de tecido, chapéus e sapatos, uma escova, fabricada em 1916, feita de crina de cavalo. Uma jovem moça mistura os cabelos da sua criança aos pelos do cavalo como se a mandasse pular, se irrita que a menina permaneça rígida, obediente. Força o primeiro nó de embaraço como se vestisse botas com esporas, puxa o cabelo para trás e monta na filha para provar como é ser mulher no mundo animal. A língua míngua, passeio pela livraria com medo de assombrações uterinas. Esquecido no canto do sótão, espera por mim um cavalo de madeira. Me esqueço de pedir permissão para Socorro e o monto feito amazona que sou, de outros

jazz

Matisse recortou papéis pintados a guache e os batizou de muitos nomes, entre eles: o cavalo, a amazona e o palhaço. No enterro de Pierrot, também aparecia um cavalo azul e laranja feito de papel. No pavilhão debaixo do museu, um cavalo olha diretamente para a câmera, enquanto o cavaleiro pousa. O cavalo tira também uma foto de mim e de todas as pessoas que passam em frente ao quadro nesses últimos quatro meses. Dezenas e dezenas de pessoas que param menos ou mais tempo diante do cavalo sem saber que são fotografadas, sem saber que uma versão invertida de si vai parar lá dentro do quadro, presa na retina convexa de um animal que puxa carroças. Um processo do qual o cavaleiro é totalmente ignorante porque pousa. Ellen Ruth também passeia pelo museu de mãos dadas com um homem que não nos interessa, vê os cavalos de Matisse e os perfis dos homens que os montam, pensa neles enquanto faz xixi.

criminosos, cogitaram uma amante vingativa, uma segunda família, dívida de jogo. Algum colega da corporação desconfiou da esposa e a pressionou só Deus sabe como. A mulher admitiu ter assassinado o marido, guardado seu corpo por 24 horas e depois o esquartejado e enterrado num terreno abandonado.

maneiras

Estou em chamas, peguei como gripe uma espécie de fogo que só queima internamente, parece que tenho bebido gasolina há muito tempo e, por fim, engulo um palito de fósforo aceso. Uso um rapaz português como incendiador, ele me mantém andando na ponta dos pés. Assim escrevo todos os dias, à mão, e melhor porque excitada e não sei diferenciar amizade de uma puxada violenta de cabelo. Um homem alto e magro com cara de cavalo e pontas dos cascos queimadas. Por isso, esses dias, não penso mais em mulheres e nem em cavalos, penso num cavalo só, com cara de homem, um bicho híbrido que pode me pisotear quando quiser, mas não o faz. Eu e o homem-cavalo trocamos cartas, mas ele não me manda beijinhos como os demais, me pergunta se eu quero beijos que não estão no diminutivo e diz que vai me importar numa caixa de madeira lacrada junto com castanhas-do--brasil. Não se importa que sentirão minha falta por aqui. Essa semana, prenderam a mulher do policial militar desaparecido há 10 dias. O desaparecido investigava um assalto sofrido pela própria esposa, mas depois de uma festa no final de julho não tinha mais sido visto. Temeram retaliação de

37

fica mais, ir agora
é maldade

A vizinha da frente recebe muitas visitas à noite. Mulheres a visitam e elas combinam na porta o próximo horário. Vi que uma artista plástica prepara uma exposição com crânios equinos; a professora que tira fotos de cavalos me mandou uma mensagem amigável; eu gostaria de passar com um cavalo em cima de uma mulher que mora na Inglaterra, quebrar todos os seus ossos, reduzi-la a geleia. Não, melhor, atropelá-la a galope sem querer, como se esmaga uma flor chamada crisântemo. Sem querer, gostaria de voltar no tempo e não ter desejado sua morte, mas a matar mesmo assim. Por vezes, eu queria escrever em forma de canção um batuque alegre para tocar no volante enquanto você para na faixa de pedestres. Uma canção de esperança para cavalgar no deserto um cavalo com uma pena no cabelo, virar um guerreiro de desenho animado. Os cavalos, depois da chegada dos cavaleiros brancos, ficaram tão tristes que emburreceram, esqueceram que podiam disparar armas de fogo. Os cavaleiros os obrigavam a encurralar búfalos até que eles não tivessem mais nenhuma opção a não ser seguir em frente para o precipício, em direção à morte coletiva. Depois, se esse fosse um grande romance, o escritor escreveria que os cavalos se reuniam à noite, de costas para a fogueira, e cantavam baixinho pedindo paz aos espíritos enganados.

cerâmica. Quando estou muito cansada, também me penso no interior de um cavalo, enrolada com a cabeça querendo entrar na barriga, tentando voltar para o ponto de partida, me imagino carregada no útero de um cavalo macho. Como seriam os bebês nascidos dos homens? Teriam eles mais força de vontade para cair no chão e andar com as próprias pernas? Nasceriam com dentes totalmente desenvolvidos, rolando da grama, prontos para abocanhar seu pedaço do mundo? O cavalo é o único animal que dá à luz seus filhotes, pequenas cópias em miniatura que as meninas usam penduradas nas orelhas quando está muito calor e o biquíni pinga.

anunciação

Existem tantas coisas com as quais a gente convive diariamente. Não são obstáculos pelo caminho, você não está nes-
ta trilha estreita para escalar uma grande montanha e salta
cavaletes de madeira pintados de amarelo e preto. Não estou
falando disso, de maneira nenhuma. Estou falando das bolas
de ferro que, na floresta, se enroscam nas plantas rasteiras
e daqui a pouco você está carregando uma tora grudada no
tornozelo. Algumas bolas de ferro são como ímãs que atraem
outras bolas alheias, invisíveis, enormes como aquelas que
perseguem o Indiana Jones que você vive em sonho. Os cavalos são as minhas bolas, estão em propagandas na tevê, são
temas de peças, ensaios, estão em clipes de música pop, em
filmes adultos, são brinquedos, são figurantes nos livros, são
fotografados nos mais covardes confrontos entre a polícia
montada e pessoas gritando, apanhando, correndo, jogando
pedras e carregando bandeiras e cartazes. No aparador da
sala, todo mundo tem, pelo menos, um cavalo em miniatura
ou um galo, um gafanhoto, um touro, um gato, um elefante,
uma mulher. Meu cavalo é um de Troia, posto na estante, um
majestoso cavalo de madeira reduzido a 15 centímetros de

me deu uma concha que, de tão exemplar, parece ter se feito sozinha, um dia apareceu já pronta. A parte externa da concha é rochosa de alto-relevo, padrões, projeções, mas por dentro ela é mais macia do que a boca de um lobo, por isso dá vontade de deslizar os dedos, colocar e tirar os dedos de dentro da concha. Em nenhum tempo, a concha começa a suar gotículas de água salgada, o que faz com que os dedos deslizem com redobrada facilidade para dentro e para fora, até o fundo e na borda novamente. Agora, com o indicador de um lado para o outro. Percebo que ela quer me contar uma história, encaixo a concha no ouvido e sinto que da minha orelha escorre uma espessa e espumosa baba salgada. Nós chegamos juntas enquanto o Netflix janta sozinho.

direção

Você mergulha fundo mais uma vez, confia, continua, durante o caminho se depara com duas serpentes marinhas que acasalam, enroscando seus corpos. Só é preciso de um pequeno estímulo para começar a dançar. Com os ovos dentro dela, a serpente nada até uma caverna onde nunca esteve antes e deposita meia dúzia de ovos moles. A caverna é como uma grande bolha de ar que possibilita a sobrevivência dos filhotes. Assim que eles conseguem romper a casca do ovo, escorregam até a água e saem nadando como atletas olímpicos por um caminho que se desconhece há milhões de anos. Assim também você faz: mergulha com desconhecimento de causa. Por não saber nada, sabe o necessário para estar com a cabeça submersa e continuar respirando. Instinto selvagem. Stein Bernau é um menino trans de 14 anos viciado em cocaína que adora a banda Wild Nothing. Adam Charney é um homem cis de 43 anos que acabou de conhecer Wild Nothing e já A-M-A ELES. O que isso tem a ver com cavalos, senhorita? O que isso tem a ver com Ashley, a mulher que queria transar com um cavalo na Irlanda? Hoje eu não pensei em cavalos, mas pensei em mulheres. A menina da lanchonete

salvia palth

A menina que eu encontrei na lanchonete falou que as mulheres têm que fazer que nem os cavalos na umbanda: transmitir. Eu não sei. Mas talvez as mulheres estejam todas interligadas, nossas mentes formando uma grande rede. Por exemplo, eu escutei a palavra "acre" numa peça e, no mesmo dia, uma poeta escreveu a palavra "acre" num poema que eu li alguns meses depois. Também teve aquela vez que eu sonhei que eu e minha irmã tínhamos que chupar os terroristas da ISIS que batiam na nossa porta e, no mesmo dia, ela me mandou uma notícia do atentado em Nice. Eles eram baixinhos e eu só pensava em maneiras de parecer menos irresistível. No YouTube toca Salvia Palth e a Isabella escreve na seção de comentários que essa música a faz sentir-se morta da melhor maneira possível. Pelo jeito, existem várias maneiras de se sentir morta e uma delas é bem estimulante. Sylvia nasceu em outubro e colocou a cabeça dentro de um forno. Isso não me comove, é como se eu tivesse acabado de ler sobre a reprodução das abelhas. Só quando lembro que chorei sozinha no banheiro, enquanto a batata frita esfriava na mesa, é que entendo o que é colocar a cabeça dentro do forno.

por perto. Meu poema-nuggets, um monte de coisa junta formando um bolo de cartilagem mascarado. Ideal para o consumo de pessoas preguiçosas, comer sem mastigar, ler pulando verso, procurando erro de grafia, tentando entender. *Anything goes*! É o título do próximo capítulo: Ashley Magdalene não existe, ou melhor, visita os velhos castelos irlandeses em busca do brasão da família e descobre a sua própria sexualidade. Ashley tem pira por cavalos. Molha-se só de pensar naquele torso em s, uma grande cauda que quase alcança o chão, quatro tornozelos impetuosos e um pescoço do tamanho do prazer. Seria possível ir tão longe? Um bafo quente e malcheiroso tão perto do seu cangote, todos os pelos do braço arrepiam-se apesar do calor que faz ao meio-dia. Mas na Irlanda também? Sim, na Irlanda também. O garanhão dá dois passos para trás como a adivinhar as intenções da mulher. Bufa, bufa, bufa mais alto, o que deixa a situação ainda mais crítica. Baby, tudo o que eu preciso fazer é me sentar e ouvir. Nem preciso ouvir, é só me sentar e esperar. O membro da grossura de uma coxa humana e eu lembro que meu desenho favorito conta a história de um cavalo que é um ator fracassado, por quem eu tenho uma paixão platônica. Eu gostaria de transar com um cavalo de desenho animado que na segunda temporada namora uma coruja. A minha cena preferida é quando, no fim do relacionamento, a coruja pergunta: *"What happened?"*, e o cavalo responde, coçando a crina: *"You didn't know me. Then you fell in love with me. And now you know me"*. É isso que acontece. A coruja pega suas coisas e vai embora, não aparece mais na série. Quer dizer, acho que tem um episódio em que eles têm uma recaída, transam de novo, não me lembro. Na série, ele transa com uma gata, três humanas, uma peixe-boi. Acho que só.

anything goes!

Hoje é aniversário do meu primo e ele não tem relação nenhuma com cavalos. Nem imagino ele montado em um. Agora que imaginei, a cena é tão repugnante quanto pensar numa pessoa transando com um cachorro. Um homem me parou na rua, me obrigou a parar, e me fez um marca-páginas com um pedaço de arame, pediu para pegar no livro da Svetlana, eu jurava que ele ia sair correndo, que ia roubar meu livro. Me posicionei na frente dele para dificultar a fuga. O homem marcou a página com o dedo sujo e o pedaço de arame. Essa borboleta prateada vai direto para o lixo. Depois, perguntou meu nome e abriu bastante os olhos quando falou o dele: Pau-lo. Se a sua família não te encontrar uma doença mental quando lerem seu livro, será que ele é bom de verdade? Em pé, no ônibus, dei uma entrevista a um crítico importante. O sujeito disse que meus poemas têm qualquer coisa que pode ser confundida com qualidade literária: "seu poema é um animal de criação a quem alimentam sem parar", reflete um pouco, bochecha as palavras na boca, "um balão em forma de Poodle". Meu poema está prestes a explodir em vários pedacinhos de carne na cara de quem estiver para enfiar o garfo na massa ainda mole do bolo de maçã. Minha cozinha cheira a bolo de maçã. As maçãs são as frutas prediletas do cavalo ou isso é só coisa de televisão? Se um aluno entrasse na minha sala e colocasse uma maçã em cima da minha mesa, meus olhos rolariam pra cima, talvez eu até suspirasse fundo.

arbustos

Sentada na minha cama, eu penso por que as mulheres preferem escrever sobre animais, enquanto os homens dão claros sinais de que a única matéria que os interessa é a arrastada decadência da civilização humana. Ouvi num programa de rádio que a contribuição das mulheres para a sociedade é a própria sociedade. É possível sentir os nós insondáveis que aproximam mulher e bicho? Por que nos dobramos, pernas para cima, para nos encararmos de frente, montanha de pelos? Antes de eu aparar os meus pelos, parecia que não tinha mais vagina, era apenas um pequeno bosque no lugar do sexo, um bicho encolhido hibernando. Sonhei, há alguns dias, com um gato no congelador, congelado enquanto dava o próximo passo. Hoje, esse gato move-se dentro da geladeira, arranha o homem que abre a geladeira como se protegesse seu território. O homem me diz: o gato é seu, lide com isso! Eu tenho medo de abrir a geladeira e lidar com ISSO. O gato congelado era da minha irmã, esse gato se movendo é meu, pior, é minha também a geladeira. A cada dia eu escrevo menos, jogo com uma linha, sou displicente, prematura, abro o forno antes dos trinta minutos permitidos

25

muito rápido, sabem nadar e sua mordida é fatal. A vítima não morre na hora, por isso eles a seguem até ela estar fraca o suficiente. Um escritor escreve sobre seis coisas a sua vida inteira. Eu, sintética: mulher e cavalos. Mulheres, cavalos e seus acessórios: perneiras, culotes, capacetes, chaperreiras, esporas, chicotes, mantas, selas, cabrestos, cabeçadas, embocaduras, bridões. Deus colocou um sorriso no seu rosto, toca na rádio. Os cavalos sorriem? As mulheres, o tempo todo.

penteadeira

Hoje, durante e depois da terapia, enquanto dirigia de volta para casa, pensei nas pessoas que eu conheço que têm contato com cavalos. Me lembrei da minha própria história e me surpreendi por ter esquecido que, aos 12 ou 13 anos, eu andei a cavalo uma meia dúzia de vezes. Inclusive, dentro da mata. Um cavalo já disparou comigo no lombo. O meu irmão mais novo faz um bico num haras de uma amiga conhecida. Uma professora com quem eu trabalho tira fotos de pessoas com cavalos. Minha cunhada fez aulas de equitação quando mocinha e tem um quadro de cavalo pendurado na sala, presente do pai. Pensava que amar um homem era como colocar a mão na boca de um cachorro enquanto ele come, mas talvez seja montar um cavalo que sente estar perto de casa. Um homem gordo em cima de um cavalo, tão gordo a ponto de o cavalo encostar a barriga no chão e dobrar os joelhos. Um homem em cima de um cavalo com uma vara de pescar; na ponta, uma maçã pendurada. Um cavalo branco enfrenta uma floresta de espinhos para beijar a princesa no alto da torre, seu pinto escuro ereto. Cavalos são animais menos interessantes do que o dragão-de-komodo. Os dragões-de-komodo correm mortos, nos seus olhos fixos onde pousam moscas. Olhos de longos e grossos cílios de dar inveja. Me surpreendi ao saber que os cavalos são animais inteligentes, talvez eles até consigam entender que participam de uma grande encenação. Filmes de guerra são sobre homens que voltam para casa no final das contas, é muito entediante. No livro da autora da Bielorrússia, os cavalos se acostumam a pisar nos mortos.

2 por 5

Pensei na mulher e no cavalo de manhã, antes de trabalhar, enquanto passava pela rua e as mulheres abriam as lojas de sapato. Os donos das lojas de sapato são todos homens e as funcionárias precisam usar maquiagem e salto alto. Hoje eu vi uma funcionária andando toda torta em cima do salto, sorrindo. Desde que eu comecei a trabalhar no centro, não tentam mais me vender coisas, eu cheiro a funcionária como elas. Então, os ambulantes me respeitam porque eu ainda preciso chegar em casa e preparar o jantar. Na volta para casa, eu também pensei na mulher e no cavalo, e por que não nas éguas? Os machos na natureza, como são eles? É preciso me convencer todos os dias de que escrever vale estar acordada. Anoto na contracapa dos livros as passagens sobre cavalos. Não sobre mulheres, porque todos os livros já escritos falam sobre mulheres, então seria como copiar todos os livros com os quais já tive contato na vida. No livro da Svetlana, sobre a Segunda Guerra Mundial, encontrei passagens preciosas. Me lembro também de um poema da Cecília Meireles, um de título longo como "Lamento do oficial por seu cavalo morto". Nem é tão bonito, mas eu gosto porque sempre pensei neles é jogando um pouco de leite de mamadeira no torso da mão para medir a temperatura. Só mulheres maduras têm filhos, não importa quantos anos elas tenham. Por outro lado, as éguas não precisam medir a temperatura do leite, porque ele sai irretocável das suas tetas e quando cessa é porque o potro desmamou. Tem poucas coisas mais irritantes do que um homem crescido que mora sozinho no seu apartamento de 30 m², não lava as próprias roupas e toma um copo de leite com achocolatado antes de dormir ou ao acordar. O macarrão com abobrinha manda lembranças do meu estômago quando eu penso nesse tipo.

quando está frio, você faz brrrrr

Acontece quando eu estou cozinhando, da última vez eu estava cortando legumes, desta vez foi no meio do macarrão com abobrinha. É como se ele me chamasse, a mulher e o cavalo, um livro como a vaca sagrada do Inglês de Sousa: mãe de todos, preenchido por espuma, inflável. Cogitei escrever uma história sem homens. Sem dúvida, é uma cópia de uma ideia masculina, de um filme do David Cronenberg a que eu assisti mês passado. Um filme que um moleque com dinheiro fez ainda na faculdade, narrado por um dos personagens. A atuação daquele cara era realmente impressionante, o rosto dele me lembrava a cara de um cavalo ou talvez de um amigo de infância. Eu gostaria muito de ser sincera, no molho de tomate eu joguei uma quantidade não medida de orégano, manjericão, manjerona e pimenta-do-reino, sem saber se era o suficiente, sem saber se ia combinar, se ia agradar. É possível escrever um livro assim? Da mesma forma que se tempera o molho? Uma escritora pode perguntar coisas para quem a lê? Ou uma cozinheira pode não provar o molho antes de servi-lo? Eu nunca provo a comida, mas acho que uma das maneiras de uma mulher atingir a maturidade

diário: a mulher e o cavalo

todo impossível, perdi a capacidade de traçar caminhos". Mutações se multiplicam com a velocidade das sugestões do Google: variações cromossômicas dinâmicas — humores, tumores. Cavalos em círculo percorrem o carrossel. Julia Raiz prossegue a doma. Desdobra-se em projeto literário com um propósito: adquirir cavalos. Um texto carregado de truques: "Sujeira é matéria que cruzou os limites as fronteiras que não deveria cruzar um texto estuporado". Até que se avista, ao longo, o ponto ótimo do encontro: "Quando eu sopro, também sopra o vento que mexe a camisa de algodão lá fora, quando eu sopro, também sopram a mulher e o cavalo juntos antes de se apagarem para se transformarem em outra coisa".

Trata-se de um livro sem manual de advertências. Diário (quase) confessional de procurar dentro de um patíbulo escuro um cavalo negro que não está lá.

Assionara Souza (1969-2018) foi uma escritora, dramaturga e pesquisadora brasileira.

amealhando em sua sela. Imagens povoam o campo das sensações. Desde o primeiro momento do dia, o círculo em cujo centro o tempo feito potro a ser domesticado atrai referências. A mulher convoca o animal como se do íntimo de seu corpo feminino um vasto pasto se oferecesse. E os "nós insondáveis que aproximam mulher e bicho" começam a ser tecidos. Mas sem compulsão; a mão é suave, conduz com regular cuidado (embora displicente) as linhas que vão definir a forma: "A cada dia eu escrevo menos, jogo com uma linha, sou displicente". Também porque cavalos habitam coisas e seres, como os touros da linguagem cabralina, que pretendem explodir e derramar lirismo no campo neutro da folha. A narradora coleta depoimentos dos que se interessam pelo tema: "A menina que eu encontrei na lanchonete falou que as mulheres têm que fazer que nem os cavalos na umbanda: transmitir". E, nesse processo em que mulher e bicho se fundem numa terceira brutassuave criatura, é preciso também convocar os híbridos do mundo: "Stein Bernau é um menino trans de 14 anos viciado em cocaína que adora a banda Wild Nothing". E o exercício ultrapassa limites prescritos em livros: "me imagino carregada no útero de um cavalo macho". Esse novo parto engendra violências e impulsos cruéis são invocados à trama. Desejo de ferir e matar sem culpa. Desejo de destroçar um corpo humano com as patas e, no momento seguinte, mascar o feno como se nenhuma memória interferisse no prazer imediato dos sentidos. O processo se desdobra em outras referências, colagens de partes que instigam o olho a continuar o tracejo da forma. Sugestões implícitas em ferocidade de falo ou suavidades de crinas. Con(fusões). Reminiscências de uma relíquia da infância, um cavalo de madeira guardado no sótão. Terá existido? Ampliam-se o campo das possibilidades, o animulher se expande: "Dei voltas à toa, sem saber voltar para casa, porque este livro é

desenha-me um cavalo?
por Assionara Souza

Habitar outras formas. Experimentar ser e estar na condição de um outro ser. Migrar do previsível lugar em que o corpo, reconhecido em si, se acomoda em seus feixes de ossos, cobertos por músculos e pele, as estruturas todas em conformidade com, entre tantos distantes outros, este estranho aqui: "meu corpo". É esse o exercício que Julia Raiz divide conosco em seu caderno, livro de estreia, *Diário: a mulher e o cavalo*. O desenho começa tímido, como se o encontro não houvesse de fato acontecido. Somente um indício no vento. Um pensamento laço capturando o escolhido animal à distância de uma antecipação. Um desconcerto. Viração sutil da atmosfera. Estudo inicial: o projeto. Capturar o animal e trazê-lo, não sem antes saber suas verdades em sendo o bicho essa natureza outra; "A captura e o encerramento de um animal são extremamente estressantes", adverte Anne Carson. Conduta primeira. Os distúrbios todos gerados pela máquina equina e esquiva de existir: o corpo. "Cogitei escrever uma história sem homens". Seta lançada ao infinito: "É possível escrever um livro assim?". E assim é dado início ao inventário, à coleção, ao acervo, à bagagem que a narradora vai

livros — o que eu fiz com palavras e o que Isadora fez com imagens. Muito obrigada por tudo, minha amiga!

Também quero agradecer imensamente a todas as pessoas que se sentiram contaminadas pela obsessão deste livro — pessoas que me mandaram suas impressões, histórias, memórias, indicações de filmes, livros e memes, todos envolvendo cavalos.

Para terminar, quero contar que, na semana que comecei esta nota, sonhei que estava em cima do meu cavalo sem sela, cabresto ou espora. Em uma encosta, procurando um caminho para seguir sem que a gente caísse na água. Meu cavalo e eu buscando sobreviver.

Na mesma semana, meu irmão Ulysses me ligou e, sem que eu mencionasse o assunto, disse o seguinte: *Imagine uma manada de cavalos. Tem um cavalo que encontrou água e comida e agora vai mostrar para os outros como encontrar também. Você é esse cavalo.*

Percebi que o *Diário* é um livro escrito para todos os cavalos que encontrei ao longo das minhas vidas nas montanhas. Nessa e em outras vidas. Que andavam comigo na garupa por encostas e desertos, que me carregavam e também me derrubavam quando era preciso. Você, pessoa que me lê, também é esse cavalo.

Julia Raiz

Também em 2017, ganhei um baita presente: a tradução, que você poderá ler agora, feita por Edgar Zalgade e Cecilia Resiale. Edgar é um leitor de Tenerife, e Cecilia, sua amiga argentina. Depois de tanto tempo, a tradução finalmente será lida, com revisão da professora Nylcéa Siqueira Pedra. Além disso, Fernanda Lopes foi responsável pela tradução do posfácio e desta nota. A essas quatro pessoas tradutoras, agradeço imensamente pela oportunidade de ser lida em outra língua. É meu desejo que o *Diário* encontre caminhos pela América do Sul.

Durante esses sete anos, outras tantas coisas mudaram na minha vida. Hoje, não entro mais em sala de aula como professora de Língua Portuguesa — só como escritora. E, agora, temos uma filha: Agnes. Porém, o que não mudou foi meu compromisso com a escrita. O que não mudou foram as amizades preciosas que continuaram falando do *Diário*, até quando eu não conseguia mais falar. E foi assim, no boca a boca, que levamos o livro para frente.

Essas amizades estão representadas aqui por Estela Rosa e Natasha Felix, duas poetas que admiro e por quem tenho um carinho enorme, que escreveram posfácio e orelha. E muitas das primeiras leitoras do livro compõem nossa grupa, Membrana. Aproveito para deixar um abraço especial a Taís Bravo, que levou o *Diário* para suas oficinas de escrita.

Preciso dizer que, apesar de tudo o que ainda temos a fazer, é um prazer acompanhar as movimentações coletivas na cidade nesses últimos anos. A parceria com a Telaranha surgiu assim, da coletividade. Obrigada, Bárbara e Guilherme, por cuidarem tão bem do *Diário*!

Obrigada a Isadora Fernandes, que fez as colagens que você encontrará aqui bem no meio do miolo, além da colagem da capa. Essas colagens existem desde 2017, mas agora recebem o tratamento que precisavam. Existem dois

nota da autora
à edição bilíngue

Escrevi o *Diário*, meu primeiro livro, em 2016, aos 25 anos, nos intervalos das aulas e à noite em casa. Na época, eu dava aula de Língua Portuguesa em três escolas diferentes. Também participava do Clube de Leitura Feminista da Central Única das Trabalhadoras (CUT), no qual li *A revolução das mulheres* — livro feito de artigos, atas, panfletos e ensaios sobre a Rússia Soviética, escritos por mais de dez autoras, organizados por Graziela Schneider para a Boitempo Editorial e traduzidos por 14 tradutoras. Desse livro, saiu a segunda epígrafe do *Diário*, a frase da militante de Túla.

De 2016 a 2023, vivemos, como país, um ciclo de sete anos de mudanças e provações. Foi um período muito desafiador, com o *impeachment* injusto da presidenta Dilma, o fortalecimento da extrema-direita e uma pandemia. Foi difícil — para dizer o mínimo.

Em 2017, ano da publicação da primeira edição deste livro pela Contravento Editorial (obrigada, Flávia e Natan), Assionara Souza, que assina o prefácio, ainda estava aqui com a gente, assim como outras e outros poetas da cidade que depois fizeram suas passagens.

sumário

nota da autora à edição bilíngue **[9]**

prefácio, por assionara souza **[13]**

diário: a mulher e o cavalo **[17]**

posfácio, por estela rosa **[63]**

apêndice 8 sobre miopatia por captura

A captura e o encarceramento de um animal são extremamente estressantes. Uma reação imediata ao estresse é a síndrome "fugir ou lutar", a que o corpo responde produzindo adrenalina. A produção excessiva, persistente de adrenalina, conduz a um acúmulo de ácido láctico na corrente sanguínea, que afeta a capacidade do coração de bombear corretamente oxigênio para os músculos, o que pode precipitar a morte dos mesmos músculos: miopatia (do grego antigo *pathos*, "sofrimento", e *mus*, que significa 1. "ratinho do campo"; 2. "um músculo do corpo"). Existem 4 categorias de miopatia por captura, numa escala que vai da superaguda, resultando na morte em minutos, à crônica, quando o animal pode sobreviver por dias e até meses, andando a cavalo e enviando telegramas, até morrer subitamente por insuficiência cardíaca ou de um suposto acidente. Não há tratamento para miopatia por captura.

— Anne Carson, em *O método Albertine*, traduzido por Vilma Arêas

Agora nós estamos trabalhando como cavalos.

— Carta de uma militante da província de Túla (Rússia, 1905), em *A revolução das mulheres*, organizado por Graziela Schneider

© **Julia Raiz, 2023**

Edição: Bárbara Tanaka e Guilherme Conde Moura Pereira
Tradução: Cecilia Resiale, Edgar Zalgade e Fernanda Lopes
Ilustrações: Isadora Fernandes
Capa e projeto gráfico: Bárbara Tanaka e Guilherme Conde Moura Pereira
Preparação de texto: Bárbara Tanaka
Revisão do original: Guilherme Conde Moura Pereira
Revisão da tradução: Nylcéa Siqueira Pedra
Comunicação: Hiago Rizzi

Dados Internacionais de Catalogação na Publicação (CIP)
Bibliotecário responsável: Henrique Ramos Baldisserotto – CRB 10/2737

R161d	Raiz, Julia
	Diário: a mulher e o cavalo = Diario: la mujer y el caballo / Julia Raiz; ilustração de Isadora Fernandes; tradução de Cecilia Resiale, Edgar Zalgade, Fernanda Lopes. – 1. ed. – Curitiba, PR: Telaranha, 2023.
	67, 67 p.: il.
	Texto bilíngue, português e espanhol.
	ISBN 978-65-85830-01-0
	1. Ficção Brasileira. I. Fernandes, Isadora. II. Resiale, Cecilia. III. Zalgade, Edgar. IV. Lopes, Fernanda. V. Título.

CDD: 869.93

Índices para catálogo sistemático:
1. Ficção : Literatura Brasileira 869.93

Direitos reservados à
TELARANHA EDIÇÕES
Curitiba/PR
41 3246-9525 | contato@telaranha.com.br
www.telaranha.com.br

Impresso no Brasil
Feito o depósito legal

1ª edição
Outubro de 2023

telaranha

diário: a mulher e o cavalo
julia raiz

diário: a mulher e o cavalo